Klarant Verlag

W0320117

Thorsten Siemens lebt mit seiner Frau und beiden Kindern in Sande / Landkreis Friesland. Als gebürtiger Ostfriese (Emden) schreibt der Autor mit Vorliebe spannende Krimis, die sowohl in seiner alten als auch in seiner neuen Heimat spielen. Seine Begeisterung für die Bewohner der ostfriesischen Halbinsel und deren einzigartige Kulissen finden sich in seinen Friesland-Thrillern und Ostfrieslandkrimis wieder. Genau richtig für die Leser, die den ostfriesischen Charme und Lokalkolorit lieben!

Thorsten Siemens

Wangerooger Hinterhalt

Ostfrieslandkrimi

Klarant Verlag

Copyright © 2023 Klarant GmbH, 28355 Bremen
Klarant Verlag, www.klarant.de – www.ostfrieslandkrimi.de
ISBN: 978-3-96586-887-8
1. Auflage 2023
Umschlagabbildung: Klarant Verlag
Alle Rechte vorbehalten. Das Werk darf – auch auszugsweise – nur mit Genehmigung des Verlages wiedergegeben werden.
Alle den Roman betreffenden Figuren sind rein fiktiv und frei erfunden. Ähnlichkeiten mit lebenden oder toten Personen wären nur zufällig und nicht beabsichtigt.
Printed in the EU.

1. Kapitel

*** Die Nacht von Freitag auf Samstag ***

Obwohl sie schon seit über einem Jahr auf Wangerooge lebte und arbeitete, war Lisa noch nie so spät allein auf der Insel unterwegs gewesen. Nachdem sie den Flugplatz, das Fußballfeld und den Golfclub passiert hatte, folgte sie der langgezogenen Straße Zum Osten. Je weiter sie sich vom Inseldorf entfernte, umso mehr spürte sie das mulmige Gefühl, das die immer schwärzer werdende Dunkelheit in ihr auslöste. »Was mache ich hier nur?«, begann sie ein leises Selbstgespräch, während ihre Beine Schritt für Schritt dem Lichtkegel folgten, mit dem ihr Handylicht den Boden erleuchtete.

Nach etwa sechzehn Minuten erreichte sie das *Café Neudeich*, das zu dieser nächtlichen Stunde schon lange geschlossen hatte. Tagsüber konnten hier die Touristen auf der Terrasse sitzen, die Sonne genießen, ein Kännchen Ostfriesentee bestellen und dazu ein hausgemachtes Stück Torte verzehren. Doch nach Mitternacht sorgten lediglich ein paar Solarleuchten dafür, dass man das urige Gebäude in der Dunkelheit nicht übersah.

Bis zur *Jever-Plattform* waren es weitere dreizehn Gehminuten. In den Morgenstunden kamen viele Urlauber mit dem Fahrrad hierher, um sich den Sonnenaufgang anzusehen. Lisa ärgerte sich, dass sie nicht ebenfalls ihren Drahtesel genommen hatte, um zumindest den ersten Teil ihres Weges nicht zu Fuß bewältigen zu müssen. Doch da ihr Licht schon lange kaputt war und das Schutzblech furchtbar laut klapperte, hatte sie letztendlich darauf verzichtet. Da Wangerooge auch als die Insel der kurzen Wege bekannt war, stand ihr Rad eigentlich die meiste Zeit vollkommen ungenutzt herum, sodass sie bisher keine Notwendigkeit gesehen hatte, die kleinen Mängel beseitigen zu lassen. »Nächste Woche bringe ich es zur Reparatur«, nahm sie sich dennoch fest vor.

Direkt hinter der *Jever-Plattform* begann der Oststrand von Wangerooge. Wer von hier aus eine Wanderung um die Ostspitze der Insel unternehmen wollte, konnte sich auf etwa zwei Stunden voller Sinneseindrücke freuen. Meeresrauschen im Ohr, salzige Nordseeluft in der Nase sowie feiner Sand unter den Füßen waren dabei garantiert, und mit etwas Glück bekam man tagsüber Seehunde und Kegelrobben zu sehen, die sich am Strand ausruhten. Da die Schifffahrtsrouten von Jade, Weser und Elbe direkt an der östlichsten Ostfriesischen Insel vorbeiführten, konnte man bei seinem Spaziergang auch das ein oder andere Containerschiff bestaunen.

Doch auf die Sinneseindrücke ihrer Augen musste Lisa weitestgehend verzichten, wenn man von dem beeindruckenden Schauspiel des nächtlichen Sternenhimmels absah, der hier draußen um ein Vielfaches imposanter wirkte als in ihrer alten Heimatstadt Leer oder der Großstadt Essen, in der sie zuletzt mit ihrem Exmann und den Kindern gelebt hatte. Dort – wie fast überall sonst in dicht besiedelten Gebieten – raubte nämlich die von Menschen verursachte Lichtverschmutzung den Bewohnern des Planeten Erde den atemberaubenden Blick auf die Milchstraße, die viele Kinder in Deutschland daher nicht als unsere Galaxie, sondern nur als Schokoriegel kannten. Sie war daher sehr froh, dass sie nun wieder im ländlichen Friesland leben durfte und ihre in Nordrhein-Westfalen geborenen Sprösslinge nicht nur den echten *Milky Way* kannten, sondern auch wussten, dass Kühe im realen Leben nicht lila waren.

Der Inhalt ihres Rucksacks drückte sich immer wieder gegen ihre Wirbelsäule, sodass sie ihn ständig neu schulterte, um die Position der darin befindlichen Gegenstände zu verändern. Den Picknickkorb übergab sie in regelmäßigen Abständen von der einen in die andere Hand, da er mit zunehmender Wegstrecke immer schwerer zu werden schien. Glücklicherweise sorgten die angenehmen nächtlichen Temperaturen sowie der kühlende Nordseewind dafür, dass sie trotz der Strapazen nicht ins Schwitzen geriet. Sie hatte eine ganze Stunde im Bad verbracht, um für ihr Blind Date möglichst gut auszusehen. Keinesfalls durfte das Endergebnis darunter leiden, nur weil sie zudem noch für eine möglichst romantische Stimmung sorgen wollte. An und für sich war sie mit ihrem Äußeren zufrieden, wenn man von den kleinen Wölbungen an ihrem Bauch absah, die nach der Geburt ihrer Kinder nie wieder ganz verschwinden wollten. Auch reichten ihre 1,67 Meter Körpergröße nicht, um Model werden zu können. Doch mit den richtigen Schuhen, sexy Unterwäsche sowie einem gekonnten Make-up betrachtete sie sich nicht ohne einen gewissen Stolz im Spiegel.

Nach weiteren dreißig Minuten Fußmarsch erreichte Lisa endlich ihr Ziel – den östlichen Anleger von Wangerooge. Bis zum Ende der 1950er Jahre hatten hier noch die Schiffe angelegt, ehe man den Hafen aufgrund zunehmender Versandung aufgegeben und im Westen der Insel neu errichtet hatte. Heute erinnerten nur noch ein paar aus dem Sand ragende Holzpfähle daran, was hier einst einmal gewesen war.

Ihr mulmiges Bauchgefühl war längst einem heftigen Herzklopfen gewichen. Die anfängliche Angst vor der Dunkelheit hatte sie längst abgelegt. Was sollte ihr auch schon passieren? Sie lebte schließlich auf einer Insel, auf der gerade einmal 1.300 Menschen wohnten. Hier kannte wirklich jeder jeden, auch wenn sie nach ihrem ersten Jahr noch immer nicht das Gefühl hatte, wirklich dazuzugehören. Und die über 700.000 Touristen, die jedes Jahr nach Wangerooge kamen, wollten sich mit Sicherheit erholen und nicht in der Nacht allein herumstreunenden Frauen auflauern.

Während sie den tragbaren Ethanol-Kamin aus dem Rucksack holte, ihn mit der brennbaren Flüssigkeit befüllte und diese schließlich entzündete, dachte sie zum abertausendsten Mal an die zurückliegenden Wochen und Monate. Mit der allerersten Botschaft, die in ihrem Briefkasten gelandet war, hatte sie zunächst so überhaupt nichts anfangen können. Dafür war ihr Inhalt viel zu vage formuliert und die Trennung von ihrem Mann noch viel zu frisch gewesen. Doch mit jeder neuen Postkarte steigerten sich in ihr Neugierde und Verlangen. Und jetzt, da sie nur noch wenige Minuten davon trennten, ihn endlich zu sehen, war das Kribbeln, das ihren ganzen Körper durchströmte, kaum noch auszuhalten.

Sie breitete die Picknickdecke aus, holte die Sektflasche und zwei Gläser aus dem Korb und legte diese neben die Obstschale, die mit Erdbeeren und Weintrauben gefüllt war. Nachdem sie sich gesetzt hatte, zupfte sie ihre Unterwäsche zurecht. *Sexy, aber unbequem*, dachte sie und hoffte, dass der ganze Aufwand nicht umsonst gewesen war. Würde er im flackernden Licht des Kamins überhaupt erkennen können, wie hübsch sie sich für ihn gemacht hatte? Würde er sie tatsächlich küssen und sich anschließend mit ihr am Strand lieben, so wie sie es sich bereits seit Wochen in ihrer Fantasie ausmalte?

Lisa richtete ihren Blick in die Richtung, aus der sie ihren unbekannten Verehrer erwartete. Dabei glaubte sie längst, eine Ahnung zu haben, um wen es sich dabei handeln musste. Zu viele Anzeichen sprachen einfach dafür, dass ER es sein musste.

Als aus der Dunkelheit plötzlich der Song *Happy Birthday* von Stevie Wonder an ihr Ohr drang, war sie sich absolut sicher. ER musste es sein. Vor Aufregung sprang sie auf, umarmte sich selbst, indem sie ihre Hände auf die jeweils gegenüberliegende Schulter legte, und rief ihm voller Euphorie entgegen: »Ich wusste die ganze Zeit, dass du es bist!«

Die Musik verstummte und Lisa wartete gebannt darauf, dass ihr Traummann endlich ins Licht des Kaminfeuers treten würde. So deutlich, wie sie das Lied trotz des Windes hören konnte, musste er ihr bereits ganz nahe sein. Doch statt des erhofften Anblicks durchbrach plötzlich ein anderer Song die monotone Stille der Nacht.

Lisa erstarrte, als sie Lied und Interpret erkannte. Wie in Zeitlupe rutschten ihre Hände von den Schultern ihren Oberkörper hinab, bis ihre Arme schließlich vollkommen kraftlos zu Boden hingen.

Sie wusste nicht, wie oft sie den Song *Always* von Bon Jovi schon gehört hatte. Schließlich war es die Lieblingsband ihres Vaters gewesen und damit auch ein omnipräsenter Teil ihrer Kindheit. Sie liebte ihren Dad und hatte immer viel Zeit mit ihm verbracht. Ob sie nur deshalb auch zu einem Fan der Rockband aus New Jersey geworden war, wusste sie nicht genau, ging aber irgendwie immer davon aus. Es ist wohl wie bei der Kirche und bei Fußball, hatte sie oft gedacht. In manche Sachen wird man einfach hineingeboren.

Wenige Meter von ihr entfernt stand ein Schatten. Nah genug, dass ihn die Lichtstrahlen des Feuers erreichten, aber immer noch zu weit entfernt, um mit Sicherheit zu erkennen, wer ihr nächtlicher Besucher war. War es der Mann, auf den sie wartete? Hatte sie sich doch getäuscht und ein anderer hatte ihr die liebevollen Botschaften geschrieben? Oder war sie rein zufällig auf einen Verrückten gestoßen, der in völliger Dunkelheit am Strand spazieren ging und dabei laute Musik auf seinem Handy hörte?

Im Refrain des Songs versprach die markante Stimme von Jon Bon Jovi jetzt, sie immer zu lieben und immer für sie da zu sein.

Aber warum gerade dieses Lied?, fragte sie sich, während eine Erinnerung, die fest mit diesem Song verbunden war, aus ihrem Gedächtnis aufstieg und ihr zeitgleich eine unangenehme Gänsehaut bescherte. Es war eine böse Vorahnung, ein Verdacht, der eigentlich nicht wahr sein konnte, aber genau in dem Moment Realität wurde, als der Schatten einen weiteren Schritt auf sie zumachte.

Sie erkannte sein Gesicht. Hatte er die Karten geschrieben? War er der heimliche Verehrer, der ihr seit Monaten diese wunderschönen Nachrichten schickte? Neben ihrem Favoriten hatte sie zuletzt noch vage ein oder zwei andere Männer als mögliche Absender der Postkarten in Erwägung gezogen, aber ihn hatte sie zuletzt ganz und gar nicht mehr auf dem Zettel gehabt.

»Mit dir …« Sie stoppte mitten im Satz, als ihr etwas auffiel, was sie verdutzt innehalten ließ.

»… hast du nicht gerechnet«, vervollständigte er ihren Satz. Ein diabolisches Grinsen huschte über sein Gesicht. »Und das war auch genauso geplant.«

Er reckte ihr die rechte Hand, die er bisher hinter seinem Rücken verborgen gehalten hatte, entgegen. Darin befand sich ein Messer mit einer etwa zehn Zentimeter langen Klinge. »Time to say goodbye«, sang er einen kurzen Ausschnitt aus dem Song von Sarah Brightman und Andrea Bocelli, dann machte er einen energischen Schritt auf sie zu.

Panisch rannte Lisa in die entgegengesetzte Richtung. In der nächtlichen Dunkelheit war das Rauschen der Nordsee, die immer wieder an den Strand schwappte, nahezu ihre einzige Orientierungsmöglichkeit.

»Mach es uns beiden doch nicht so schwer!«, rief er ihr hinterher.

Er klang sehr nah und nicht wirklich außer Atem. Lisa fragte sich, ob er das Licht seiner Handykamera eingeschaltet hatte oder ob sie ihm vielleicht in der Schwärze der Nacht entkommen konnte, wenn sie wie ein Hase Haken schlug. Waren ihre Chancen größer, wenn sie in die Nordsee sprang und in die Dunkelheit hinausschwamm?

Einige Sekunden lang widerstand sie dem Drang, sich nach ihm umzudrehen. Aber als sie dann doch einen Blick über die Schulter riskierte, stieß sie im selben Augenblick mit ihrem Fuß gegen einen großen, stabilen Gegenstand, der im Sand lag. Schreiend fiel sie hin und umklammerte reflexartig mit beiden Händen den schmerzenden großen Zeh. Doch als sie direkt danach in das grelle Licht einer Taschenlampe blickte, wusste sie, dass sie sofort weiter fliehen musste.

Sie biss auf die Zähne, rappelte sich auf und rannte davon. Immer wieder wechselte sie schlagartig die Richtung, hoffte, dass er sie so eventuell aus den Augen verlieren würde. Als sie einen kräftigen Stoß in ihrem Rücken spürte, der zeitgleich mit einem unerträglichen

Schmerz verbunden war, versagten ihr die Beine sofort den Dienst. Sie hatte das Gefühl, die Besinnung zu verlieren und bäuchlings in den Sand zu fallen. Doch noch ehe sie nach vorne kippte, packte er sie an den Haaren und riss sie mit solch einer Wucht zurück, dass sie stattdessen auf dem Rücken zu liegen kam.

Er setzte sich auf ihren Bauch, legte seine Hände um ihren Hals und presste zu.

Lisa spürte eine lähmende Gleichgültigkeit in ihr aufsteigen. Sie wollte nur noch, dass es endlich vorbei war. Doch der Gedanke an ihre Kinder mobilisierte schlagartig ungeahnte Kräfte in ihr. Sie krallte ihre Hände in den Sand und schleuderte ihn ihrem Peiniger direkt ins Gesicht, woraufhin dieser seinen Griff lösen musste, um sich die Augen reiben zu können. Sie musste diesen Moment der Überraschung nutzen. Wie ein Aal begann sie sich hin und her zu winden und versuchte gleichzeitig, ihn von sich hinunterzustoßen. Doch ihre verzweifelten Bemühungen erzielten nicht den notwendigen Erfolg. Sie schaffte es lediglich, seine Hände abzuwehren, die schon wieder nach ihrem Hals tasteten.

»Dann machen wir es eben anders!«, schrie er sie mit hasserfüllter Stimme an und tastete nach dem Messer, das er neben ihr im Sand abgelegt hatte, als er sie auf den Rücken geworfen und zu würgen begonnen hatte.

»Nein, bitte nicht!«, flehte Lisa ihn an, als sie realisierte, was er vorhatte. Gleichzeitig versuchte sie, die Waffe vor ihm in die Finger zu bekommen. »Denk an …«

Mitten im Satz spürte sie die Klinge, die direkt in ihren Brustkorb eindrang. Alles passierte so schnell und heftig, dass der Schmerz erst kurz darauf einzusetzen schien. Sie hatte das Gefühl zu fallen, obwohl sie doch schon längst auf dem Boden lag. Die weiteren Stiche, die wie bei einem Hagelsturm auf sie einprasselten, spürte sie kaum noch. Dann umgab sie eine Dunkelheit, gegen die die nächtliche Schwärze des Strandes wie ein Sonnenuntergang wirkte.

2. Kapitel

*****Samstag*****

Mit gemischten Gefühlen stand Hauptkommissar Onno Renken am Bahnhof von Wangerooge und wartete auf das Eintreffen der Inselbahn. Nachdem er seinen Dienst in den letzten Jahren mit stetig wechselnden Kollegen hatte versehen müssen, von denen keiner dauerhaft auf der Insel bleiben wollte, sollte er nun endlich eine längerfristige Lösung an die Seite gestellt bekommen.

Der gebürtige Emder war vor drei Jahren auf eigenen Wunsch auf die Ostfriesische Insel versetzt worden. Zuvor hatte er bei der Kripo Hannover gearbeitet. Nachdem er jedoch bei einem Banküberfall beinahe angeschossen worden wäre, hatte er sich nicht zum ersten Mal gefragt, was ihm im Leben eigentlich wirklich wichtig war.

Er mochte die Hektik der Großstadt nicht und hatte daher schon länger Sehnsucht nach seiner ostfriesischen Heimat gehabt. Außerdem wollte er nicht, dass seine Frau sich jeden Tag darum sorgen musste, ob er auch unversehrt vom Dienst nach Hause kommen würde. Denn unabhängig von dem Banküberfall war seine Arbeit mit den Jahren immer gefährlicher geworden, was nicht zuletzt an der zunehmenden Gewaltbereitschaft einzelner Bürger lag. Auch für seine Kinder hatte er in Hannover nie genügend Zeit gehabt.

Als sich ihm dann die Möglichkeit bot, die freie Stelle auf Wangerooge zu übernehmen, hatten seine Frau und er nicht lange überlegen müssen. Sie liebten die Ostfriesischen Inseln und hatten schon oft ihren Urlaub dort verbracht. Auch ihre Kinder waren sofort begeistert von den Umzugsplänen ihrer Eltern gewesen. Emma, die damals kurz vor ihrem zehnten Geburtstag stand, musste ohnehin von der Grundschule auf eine weiterführende Schule wechseln, und die Eltern ihrer damals besten Freundin Lena mussten berufsbedingt ebenfalls umziehen. Finn war noch in der ersten Klasse und hatte, nachdem alle seine Kindergartenfreunde noch zu jung gewesen waren, um eingeschult zu werden, in der Grundschule noch keinen wirklichen Ersatz gefunden, während gleichzeitig die Treffen mit seinen alten Kumpels immer sporadischer stattfanden. Das Timing für einen Umzug hätte nicht besser sein können.

Nervös warf Onno einen erneuten Blick auf seine Armbanduhr. Es war bereits Viertel nach neun. *Wenn die Fähre pünktlich war, müsste die Inselbahn eigentlich in wenigen Minuten eintreffen*, dachte er und ließ die angestaute Luft aus seinen gespitzten Lippen entweichen. Inständig hoffte er, dass der Ruf, der seiner neuen Kollegin vorauseilte, nicht vollumfänglich zutraf. Denn Theda Saathoffs Name war ihm schon zu Ohren gekommen, als sie noch gar nicht darüber nachgedacht hatte, sich für die Stelle auf Wangerooge zu bewerben. Wenn er den Gerüchten glauben durfte, lebte die junge Oberkommissarin ein Leben auf der Überholspur und stellte ihre persönlichen Bedürfnisse dabei stets über die ihrer Mitmenschen. Dass sie dabei auch schon das ein oder andere intime Stelldichein mit verheirateten Kollegen gehabt haben sollte, missfiel nicht nur Onno, sondern besonders auch seiner Ehefrau Jantje.

Ein metallisches Klirren ertönte aus dem Lautsprecher und der Fahrdienstleiter verkündete daraufhin das Einfahren der Inselbahn. Der Gedanke daran, dass der vorhergehende Signalton auf Wangerooge traditionell dadurch erzeugt wurde, dass ein Bahnmitarbeiter mit einem Stift gegen die Stehlampe auf seinem Schreibtisch schlug, ließ ihn schmunzeln. Ob Theda wirklich wusste, worauf sie sich da eingelassen hatte?

Als er die rote Lokomotive der Schmalspurbahn erblickte, zog der Dreiundvierzigjährige reflexartig seinen kleinen Bauch ein und straffte seine Uniform. Er liebte seine Frau über alles und würde ihr niemals untreu werden, aber dennoch war es ihm irgendwie wichtig, beim anderen Geschlecht stets einen möglichst positiven Eindruck zu hinterlassen. Ob dies nur eine Form der Midlife-Crisis war oder ob sich dieses Verhalten seit seiner Pubertät eigentlich niemals richtig geändert hatte, vermochte er selbst nicht zu sagen. So oder so hatte er sich am heutigen Morgen, entgegen seiner sonstigen Gewohnheiten, extra den Bart getrimmt, die Nasenhaare gestutzt und sein braunes Haupthaar mit Gel so in Form gebracht, dass es die immer kahler werdende Stelle an seinem Hinterkopf möglichst gut kaschierte.

Er hatte im Vorfeld noch kein Foto seiner neuen Kollegin gesehen, erkannte sie aber anhand der Uniform sofort, als sie aus dem blauweißen Waggon der Inselbahn stieg. Aufgrund der Dienstbekleidung konnte er den attraktiven Körper, der sich darunter verbarg, nur erahnen, aber ein Blick in Thedas Gesicht genügte und Onno verstand, warum einige seiner vorherigen Kollegen ihm prophezeit hatten, er würde sich in ihrer Gegenwart um etliche Jahre älter fühlen. Er wusste, dass sie zweiunddreißig Jahre alt war, hätte sie aber nach dem ersten Anblick auf Mitte zwanzig geschätzt. Gelegentlich hatte er seiner Tochter Emma über die Schulter geschaut, wenn die im TV *Germany's next Topmodel* angesehen hatte. Und Theda sah aus, als könne sie das Format gewinnen. Ihre langen blonden Haare hatte sie zu einem Pferdeschwanz zusammengebunden. Ihr dezentes Make-up unterstrich die ebenmäßige Schönheit ihres Gesichtes. Als sie den Hauptkommissar entdeckte, öffneten sich ihre vollen, geschwungenen Lippen zu einem ansteckenden Lächeln.

»Moin! Du musst Onno sein. Ich bin Theda, deine neue Partnerin.« Sie streckte ihm zur Begrüßung die Hand entgegen und fixierte ihn mit ihren strahlend grünen Augen.

»Der bin ich«, antwortete Onno wortkarg. Er spürte, wie ihn die Gegenwart der attraktiven Frau nervös machte. Und wenn er nervös war, fing er an zu sabbeln. »Und wie war die Überfahrt? Ich hoffe, du bist nicht seekrank geworden. Warst du eigentlich schon mal auf Wangerooge? Meine Frau und ich haben ja schon vor den Kindern gerne Urlaub auf den Ostfriesischen Inseln gemacht.« Er wusste nicht genau warum, aber irgendwie war es ihm wichtig, Jantje, Emma und Finn so schnell wie möglich zu erwähnen.

Thedas Lippen hatten sich zwischenzeitlich wieder geschlossen, lächelten aber immer noch. »Ich habe bisher nur einen Tagesausflug gemacht, um mir meinen neuen Arbeitsplatz zumindest einmal anzusehen, bevor ich mich auf diesen Posten bewerbe. Das Motto, das man am Hafen zu lesen bekommt, scheint hier ja tatsächlich Programm zu sein.«

»Du meinst ›Gott schuf die Zeit, von Eile hat er nichts gesagt‹?«, fragte Onno, wartete allerdings nicht auf eine Bestätigung, sondern ergänzte sofort: »Das ist hier tatsächlich so.« Jetzt war er es, der zufrieden lächeln musste.

»Ich hoffe, ganz so langweilig wird es hier dann doch nicht«, entgegnete die Oberkommissarin. Dabei presste sie ihre Lippen so fest aufeinander, dass sie deutlich an Volumen verloren.

Die unerwartete Antwort seiner neuen Partnerin überforderte den Hauptkommissar für einen Moment. Warum hatte sie sich denn auf die Stelle beworben, wenn sie in Wirklichkeit mehr Action wollte? »Lass uns mal deine Sachen holen gehen«, schlug er vor, um nicht direkt auf ihre Worte reagieren zu müssen. Er zeigte auf den Bereich des Bahnsteiges, an dem sich die Touristen drängten, um ihre Koffer und Gepäckstücke wieder in Empfang zu nehmen.

Wenige Minuten darauf trug Onno eine schwere Sporttasche, während Theda einen Rollkoffer hinter sich herzog. Der Fußweg zwischen dem Bahnhof und der Polizeistation in der Charlottenstraße betrug nur etwa 500 Meter, sodass sie ihr Ziel nach gerade einmal sieben Minuten Fußmarsch bereits erreicht hatten.

»Was ist das denn?« Theda zeigte auf die zwei weißen E-Bikes, die vor dem roten Backsteingebäude standen und durch den Schriftzug POLIZEI deutlich als Diensträder erkennbar waren.

»Das ist die schnellste Möglichkeit, um auf einer autofreien Insel von A nach B zu kommen«, lachte Onno. Während des gemeinsamen Spaziergangs hatte er seine anfängliche Verunsicherung weitestgehend wieder abgelegt, sodass er nicht bei jedem weiteren Wort das Gefühl hatte, totalen Blödsinn zu brabbeln.

»Ich dachte, für uns gäbe es eine Ausnahme.« Überrascht starrte die Oberkommissarin auf ihr zukünftiges Dienstgefährt. Seit sie in Wilhelmshaven wohnte, war die gebürtige Jeveranerin immer mit dem Auto gefahren, wenn der Weg zu weit gewesen war, um zu Fuß zu gehen.

Der Hauptkommissar schüttelte verneinend den Kopf. »Das gilt nur für die Rettungswache, die Post und die ehrenamtliche Seehundrettung. Wir fahren Rad.« Entschuldigend zuckte er mit den Schultern, obwohl er die Regeln nicht gemacht hatte und überdies fand, dass sein ›Einsatzfahrzeug‹ für die Bedingungen auf der Insel überaus praktisch war.

Oberhalb der Polizeiwache befand sich eine kleine Einzimmerwohnung, in der vorübergehende Aushilfskräfte nächtigen konnten. Für den Anfang wollte auch Theda diese nutzen. Da sie ihre Mietwohnung auf dem Festland nicht aufgeben wollte, war es für sie die einfachste und kostengünstigste Lösung, um zwischen ihren Dienstzeiten ein Dach über dem Kopf zu haben.

Während Theda in der ersten Etage damit beschäftigt war, ihre Klamotten aus den Koffern in den Schrank zu räumen, setzte Onno sich an seinen Schreibtisch im Erdgeschoss, schaltete seinen Computer ein und nahm einen Schluck von dem Cappuccino, den er sich kurz zuvor gemacht hatte. Größere Aufgaben waren für heute nicht geplant, sodass er auf einen ruhigen Tag hoffte, an dem er seiner neuen Kollegin die Insel zeigen konnte.

Das Telefon klingelte.

»Hauptkommissar Renken«, nahm Onno das Gespräch entgegen. Als er die Stimme von Lübbo Steffens, einem der ehrenamtlichen Seehundretter, erkannte, lehnte er sich entspannt zurück, schaute zum Fenster hinaus und nahm einen weiteren Schluck Cappuccino. »Was gibt's?« Doch als der Anrufer ihn über den Grund seines Anrufes aufklärte, wäre Onno beinahe der Becher aus der Hand gefallen. »Ich komme sofort!«, sagte er, legte auf und drückte anschließend eine der programmierten Schnellwahltasten.

»Polizeistation Wangerooge, Hauptkommissar Renken am Apparat«, rief er aufgeregt in den Hörer, nachdem sein Anruf entgegengenommen worden war. »An unserem Strand wurde eine Leiche gefunden. Schicken Sie mir so schnell wie möglich die Spurensicherung her!« … »Woher ich weiß, dass es sich um das Opfer eines Verbrechens handelt?« Aufgebracht schnappte er nach Luft. Hielt die Kollegin am Telefon ihn etwa für einen blutigen Anfänger? »Ich weiß nicht, aber die unzähligen Stichwunden im Oberkörper der Frau könnten meiner Meinung nach ein Indiz sein.« Kopfschüttelnd beendete er das Telefonat, sprang von seinem Stuhl auf und eilte zur Tür. Erst als er sich auf sein E-Bike schwingen wollte, fiel ihm wieder ein, dass er ja seit wenigen Minuten nicht mehr alleine in der Dienststelle war. Hastig rannte er zurück in die Wache und rief nach Theda.

»Was ist denn?«, rief die Oberkommissarin ihm zu. Sie war noch nicht ganz mit dem Auspacken fertig.

»Am Ostende der Insel wurde eine Leiche gefunden! Die Spurensicherung ist bereits alarmiert! Ich fahre schnell dorthin und sichere den Tatort!«

»Alleine?« Noch ehe Onno ihr antworten konnte, war Theda bereits auf der Hälfte der Treppe angekommen. »Auf gar keinen Fall. Ich komme mit! Eine Leiche, gleich an meinem ersten Tag, wie geil ist das denn? Und ich hatte Sorge, auf der Insel könnte mir langweilig werden.«

So viel Euphorie, ausgelöst durch einen brutalen Mord, machte den Hauptkommissar sprachlos. Gefolgt von seiner neuen Partnerin schwang er sich auf sein Rad. Die knapp vier Kilometer entfernte *Jever-Plattform* erreichten sie damit in unter zehn Minuten.

Auf der hölzernen Konstruktion stand ein älterer, verzweifelt aussehender Mann, der wild mit einer Gruppe von Touristen diskutierte.

Als er die beiden Polizeibeamten entdeckte, entspannten sich seine Gesichtszüge sichtlich. »Endlich bist du da!«, rief er dem Polizisten erleichtert entgegen. Als er die attraktive Beamtin in seinem Schlepptau bemerkte, verzog er jedoch verdutzt das Gesicht.

»Der Typ will uns den Zugang zum Strand verwehren!«, ging gleich ein übergewichtiger Mann mit Sonnenbrille und offen stehendem Hemd auf den Hauptkommissar zu.

Ihm folgte eine nicht weniger beleibte Dame. Sie ging so energisch hinter ihrem Mann her, dass ihr Gesicht bereits nach wenigen Schritten eine ungewöhnlich rote Färbung angenommen hatte. »Er ist überhaupt nicht befugt, uns den Zugang zu verwehren.«

»Er nicht, aber wir!«

Überrumpelt schaute Onno seine neue Partnerin an, die vollkommen ungefragt die Initiative ergriffen hatte.

»Aber …«, wollte der Mann mit dem offen stehenden Hemd widersprechen, als die Oberkommissarin ihm sofort über den Mund fuhr.

»Nichts aber«, sagte sie entschlossen und machte mit einer einfachen Handbewegung klar, dass es sich auch nicht lohnte, mit ihr darüber zu diskutieren.

Lübbo schaute den Hauptkommissar fragend an. Der ehrenamtliche Seehundretter hatte zwar gehört, dass irgendwann eine neue Polizistin auf die Insel kommen sollte, aber er hatte nicht damit gerechnet, dass sie dem bisherigen Amtsinhaber eine so resolute Kollegin schicken würden. »Waar Froolüü regeren, hett de Düvel sien Spill«, murmelte er und schob dabei anerkennend die Unterlippe vor.

Die Plattdeutsch-Kenntnisse des Hauptkommissars reichten zwar nicht, um die Sprache flüssig sprechen zu können, aber verstehen konnte er das Gesagte in der Regel fast immer. *Wo Frauen das Sagen haben, hat der Teufel leichtes Spiel*, übersetzte er die Worte für sich im Kopf. Dachte Lübbo etwa, Theda wäre seine Vorgesetzte? Das durfte er auf keinen Fall auf sich sitzen lassen. Entschlossenen Schrittes stieg er die wenigen Stufen der *Jever-Plattform* hinauf, stellte sich neben den Seehundretter und erhob die Stimme. »Bevor wir den Strand für Wanderungen zum Ostende wieder freigeben können, kann es noch etwas dauern. Ich empfehle Ihnen daher, für heute auf den Hauptstrand auszuweichen oder den westlichen Teil von Wangerooge zu erkunden.«

»Was ist denn passiert?«, rief eine ältere Frau mit kurzen grauen Haaren dazwischen. »Ist da etwa jemand ertrunken?« Schockiert schlug sie die Hand vor den Mund.

Um das aufkommende Gemurmel gleich zu unterbinden, entschied der Hauptkommissar weiteren Spekulationen sofort einen Riegel vorzuschieben. »Dazu darf und werde ich zum jetzigen Zeitpunkt keine Auskunft geben!«

»Was mein Kollege …«, setzte Theda an, die Ausführungen ihres Partners zu ergänzen, als dieser ihr ebenso über den Mund fuhr, wie sie es kurz zuvor bei dem übergewichtigen Hemdträger gemacht hatte.

»Frau Saathoff«, sprach er sie plötzlich förmlich und bestimmend an. »Sie bleiben hier und sorgen dafür, dass niemand den Strand betritt.« Onno sah den Unmut in ihren Augen, wollte ihr aber keine Zeit geben, diesen auch in Worte zu fassen. Darum wandte er sich direkt danach an den Seehundretter. »Und du fährst mich jetzt sofort zum Fundort.« Er stieg die Stufen der Plattform hinab und begab sich zu dem Fahrzeug, mit dem die Ehrenamtlichen den Strand nach Heulern absuchten, die von ihren Müttern getrennt worden waren.

Als Lübbo sein Gefährt wenige Fahrminuten später wieder stoppte, blickte der Hauptkommissar auf eine mit Pflastersteinen beschwerte Plane.

»Ich hoffe, es war richtig, dass ich den Leichnam etwas weiter an Land gezogen und abgedeckt habe?«, fragte Lübbo unsicher. »Es sah zunächst so aus, als wäre sie angespült worden. Ich dachte, ich könnte sie vielleicht noch wiederbeleben, doch dann …« Bei dem Gedanken an die zahllosen Messerstiche versagte ihm die Stimme.

»Ich hätte es wahrscheinlich genauso gemacht. Du konntest ja nicht ahnen, dass hier auf unserer friedlichen Insel so etwas Schreckliches passieren kann«, beruhigte Onno ihn und hoffte, dass die Beamten von der Spurensicherung das genauso sehen würden. Langsam stieg der Hauptkommissar aus und näherte sich der im Wind knisternden Abdeckung. Er nahm einen Pflasterstein in die Hand, legte ihn im Sand ab, hob die Plane an und warf einen Blick auf das leblose Gesicht von Lisa Neumann. Er kannte sie nicht besonders gut und hatte lediglich einmal länger mit ihr gesprochen, als es in dem Modegeschäft, in dem sie arbeitete, zu einem Ladendiebstahl gekommen war. Dennoch fühlte er sich immer ein wenig mit ihr verbunden, denn sie schien als Zugezogene vom Festland ebenso wie er nie ganz dazuzugehören. Er bedeckte ihr Gesicht wieder mit der Plane und beschwerte diese mit dem Stein.

»Was machen wir denn jetzt?«, wollte Lübbo wissen.

Der Hauptkommissar warf einen Blick auf sein Smartphone. »Wenn du mir einen Gefallen tun möchtest, dann fährst du jetzt zum Flughafen, holst meine Kollegen von der Spurensicherung ab und bringst sie umgehend hierher. Sie müssten in ungefähr dreißig Minuten mit dem Helikopter eintreffen.«

»Die sind aber schnell«, staunte Lübbo.

»Bei einem Mord gilt es, keine Zeit zu verlieren! Direkt nach meinem Anruf sind die zuständigen Kollegen der Polizeiinspektion Wilhelmshaven zum Flugplatz Mariensiel gefahren. Dort warten sie bereits auf den Polizeihelikopter, der in Rastede startet und sie dort aufliest.«

»Und was machst du in der Zwischenzeit?«

»Ich sichere den Fundort der Leiche. Falls meiner neuen Kollegin doch einige Touristen durchs Netz gehen, dürfen die keinesfalls den Tatort verunreinigen. Und einen Schock fürs Leben sollen unsere lieben Urlauber ja auch nicht bekommen.« Die *Jever-Plattform* war zwar für die meisten Touristen der Ausgangspunkt für eine Wanderung um das Ostende der Insel, weiter nördlich gab es aber auch noch andere Zugangswege zum Strand.

»Das vorhin war also deine neue Kollegin?«, fragte Lübbo. »Dat Wicht is'n Ogensteker.«

»Was heißt das denn jetzt schon wieder?« Er tat gegenüber den Einheimischen so, als würde er ihre Sprache so gut wie gar nicht beherrschen. Immer wieder hatte er nämlich das Gefühl, dass die Insulaner sie in seiner Gegenwart manchmal bewusst verwendeten, wenn er nicht alles mitbekommen sollte, und glaubte, aus seinem kleinen Geheimnis irgendwann noch einmal Profit schlagen zu können.

Lübbo lachte. »Das heißt, dass Sie nett anzusehen ist.« Er zwinkerte dem Polizisten vielsagend zu, stieg grinsend in sein Fahrzeug und fuhr Richtung Flughafen.

Kaum war der Seehundretter aus dem Blickfeld des Hauptkommissars verschwunden, entdeckte Onno in der Ferne eine Person, die von der anderen Seite des Strandes direkt auf ihn zugesteuert kam. In ihren Händen hielt sie Nordic-Walking-Stöcke, neben ihren Füßen stolzierte ein Tier, das sich bei näherer Betrachtung als Kater herausstellte.

Er ging der Spaziergängerin entgegen, um sie möglichst weit vom Tatort fernzuhalten. »Moin Aafke!«, rief er der rüstigen Rentnerin entgegen. Ihre kurzen grauen Haare sahen aus, als hätten sie heute noch keinen Kamm gesehen. Ihr ausgeblichener rot-weißer Trainingsanzug schien aus dem letzten Jahrtausend zu stammen. So wie er sie kennengelernt hatte, hatte sie sich nie um ihr Äußeres geschert.

»Moin Herr Wachtmeister. Seit wann patrouillierst du denn an dieser einsamen Stelle des Strandes?« Sichtlich irritiert schaute sie sich um. Weit und breit war keine Menschenseele zu entdecken. Da die meisten Touristen stets in der Nähe des Inselortes blieben, war dieser Teil von Wangerooge selbst zur Hochsaison oft menschenleer.

»Du kannst hier heute leider nicht weitergehen«, wich Onno ihrer Frage aus, während er in die Hocke ging und Kater Sherlock am Hals kraulte. Der schwarz-weiße Vierbeiner war zur Begrüßung auf ihn zugelaufen und hatte sich immer wieder mit den Vorderpfoten an seinen Beinen aufgerichtet, um auf sich aufmerksam zu machen. »Und du glaubst also immer noch, du wärest ein Hund?«, begann er mit dem Tier zu sprechen. Er hatte schon oft von dem ungewöhnlichen Verhalten von Aafkes Haustier gehört, es aber selbst noch nie so direkt miterlebt.

»Wenn es Menschen gibt, die im falschen Körper geboren werden, warum soll das dann bei Tieren nicht genauso sein?«, entgegnete Aafke trocken. Dann schaute sie an dem Hauptkommissar vorbei zu der Plane, die durch den Wind immer wieder leicht raschelte. »Liegt da eine Leiche drunter?« Sie fixierte die Augen des Polizisten.

Der Hauptkommissar holte tief Luft. »Einer Rätsel-Queen kann ich nichts vormachen, was?« Neben ihren langen Spaziergängen mit Kater Sherlock war Aafke auf der Insel vor allem dafür bekannt, sich ihre Zeit mit allen Arten von Rätseln zu vertreiben.

»Wer ist es denn?«

»Es ist Lisa Neumann.«

»Die Neue, die bei Rena und Folmer im Laden arbeitet?« Entsetzt schlug Aafke die Hände vor das Gesicht. »Bei der habe ich erst vor ein paar Tagen eine Bluse gekauft.«

Hatten sie denn keine Trainingsanzüge im Angebot, wollte Onno sagen, behielt diesen Gedanken aber lieber für sich. »Nun ja, ganz so neu war sie nun auch nicht mehr. Sie lebte immerhin schon ein ganzes Jahr hier.«

Aafke machte eine wegwerfende Handbewegung. »Du weißt doch, wie ich das meine. Jeder, der hier nicht geboren ist, ist und bleibt eben ein Neuling.«

Der Hauptkommissar wusste nur zu gut, was sie damit meinte. Er war bereits seit drei Jahren auf der Insel tätig, wurde aber von den Insulanern definitiv nicht wie einer von ihnen behandelt. Zwar war er mit fast allen per Du, aber dennoch gab es zwischen ihnen immer eine unterschwellige Distanz, was dem Polizeibeamten aber gar nicht so unrecht war. Abgesehen davon, dass er seinen Beruf seiner Meinung nach mit einer gewissen Form des Abstandes besser ausüben konnte, war er auch ein eher introvertierter Mensch, der es durchaus genoss, wenn er nach Dienstende einfach nur Zeit für sich und seine Familie hatte. »Bitte erzähl noch nichts, wenn du zurück im Dorf bist«, bat er Aafke. »Ich muss hier noch auf die Kollegen der Spurensicherung warten. Sobald es geht, werde ich eine entsprechende Information herausgeben.«

»Du kannst dich auf mich verlassen.« Aafke schaute sich suchend nach ihrem Kater um. »Sherlock!«, rief sie empört, als sie ihn endlich entdeckt hatte. Er hatte sich zu der Plane geschlichen und schnüffelte neugierig daran herum. »Komm sofort hierher!«

3. Kapitel

Rückblick: Sechs Monate zuvor

Lisa Neumann war mit den Nerven am Ende. In weniger als einer halben Stunde musste sie im Laden stehen, und ihre beiden Töchter hatten nichts Besseres zu tun, als exakt das Gegenteil von dem zu machen, worum sie diese gebeten hatte.

»Mia!«, rief sie zum wiederholten Male ihre Jüngste, während sie parallel den Abwasch abtrocknete. »Geh jetzt endlich Zähne putzen!« Mit ihren sieben Lebensjahren war das Mädchen mit den blonden Zöpfen das Nesthäkchen der Familie. Kurz nachdem sie geboren worden war, begann die Ehe der Neumanns zu bröckeln. Infolgedessen musste Mia die immer heftiger werdenden Probleme ihrer Eltern oft miterleben und war daher nicht selten darauf angewiesen gewesen, sich alleine mit sich und im Ausnahmefall auch mit dem Fernseher zu beschäftigen. Da ihr ein wohlbehütetes Elternhaus dadurch versagt blieb, hatten sowohl Lisa als auch ihr Exmann Sönke ihr schlechtes Gewissen oft damit beruhigt, dass sie ihr nahezu alles hatten durchgehen lassen. Ein Fehler, den Lisa nach der Trennung nun ganz alleine ausbaden musste.

»Samira!« Lisa stellte den abgetrockneten Teller in den Hängeschrank und schnappte sich den nächsten. Dann rief sie erneut den Namen von Mias vier Jahre älterer Schwester. »Kannst du mir jetzt bitte endlich mal helfen?« Es dauerte einige Sekunden, bis das Mädchen mit den schulterlangen braunen Haaren in die kleine Küche geschlurft kam. Ihr Gesicht sah dem ihres Vaters mit jedem Jahr ähnlicher, was es Lisa nicht gerade leichter machte, ihr gegenüber nicht allzu schnell die Nerven zu verlieren.

»Warum denn immer nur ich?«, nörgelte Samira und verschränkte die Arme vor der Brust. »Die Pimmelprinzessin muss nie was im Haushalt machen!« Sie hatte das Wort mal irgendwo aufgeschnappt und fand, dass es gut zu ihrer jüngeren Schwester passte, die sich oft eher wie ein nerviger kleiner Bruder verhielt.

»Du sollst sie nicht so nennen!«, schimpfte Lisa. Vor Wut wäre ihr beinahe der Teller aus den Händen gerutscht. »Du bist vier Jahre älter. Mehr Rechte bedeuten auch mehr Pflichten!« Mit dem Kopf deutete sie auf den Griff des Backofens, über dem ein weiteres Geschirrhandtuch hing.

Widerwillig riss Samira es an sich, nahm ein Brotmesser zur Hand und polierte lustlos daran herum. »Wieso haben wir eigentlich keine Spülmaschine?«

Lisa verdrehte genervt die Augen. Sie konnte gar nicht mehr zählen, wie oft sie diese Frage schon gehört hatte. »Hast du dich hier schon einmal umgesehen?«, antwortete sie mit exakt den gleichen Worten, wie sie es eigentlich immer tat.

»Die Küche ist viel zu klein für eine. Außerdem fehlt uns dafür auch das Geld«, äffte Samira die Stimme ihrer Mutter nach. Schwungvoll riss sie eine der Schubladen auf und knallte das Messer in das dafür vorgesehene Fach, sodass das sich bereits darin befindliche Besteck laut schepperte.

Lisa drehte ihr den Rücken zu, schloss für einen Moment die Augen und atmete tief ein. Sie wusste, dass Samira am meisten unter der Trennung ihrer Eltern litt. Sönke hatte seine Erstgeborene stets wie eine Prinzessin behandelt, während er Mia eher als den Sohn betrachtet hatte, den er leider nie bekommen würde. Zumindest nicht von Lisa – so viel stand auf jeden Fall fest. Als sie sich wieder umdrehte, legte sie Handtuch und Teller zur Seite, breitete die Arme aus und ging auf ihre Tochter zu. »Du hast ja recht«, sagte sie, mit Tränen in den Augen. »Aber ohne dich schaffe ich das einfach nicht.«

Für einige Sekunden schaffte Samira es, dem herzerweichenden Anblick ihrer Mutter zu widerstehen. Dann sammelte sich auch in ihren Augen die Feuchtigkeit. Sie drückte sie fest an sich. »Wir schaffen das, Mama!« Auch wenn sie ihren Vater vermisste, so wollte sie genauso wenig in ihr altes Leben zurück, in dem sich ihre Eltern oft sehr heftig gestritten hatten. Sie löste ihre Umarmung und schaute auf die Küchenuhr. »Ich mache hier den Rest. Sieh du zu, dass du in den Laden kommst!«

Mit einer Mischung aus Stolz und Beschämung schaute Lisa ihre Tochter an. Sie musste viel selbstständiger sein als andere Kinder ihres Alters. Lisa wischte sich eine Träne von der Wange. »Kannst du auch mit Mia Hausaufgaben machen? Ich habe das gestern nicht mehr geschafft.«

»Na klar«, seufzte Samira.

Lisa faltete die Hände wie zum Gebet, ehe sie eine letzte eindringliche Bitte an ihre Älteste richtete. »Und bitte, streitet euch nicht!«

»Keine Sorge, Mama.« Samira grinste. »Ich werde ganz nett zu der kleinen Pimmelprinzessin sein.«

Seufzend, aber mit einem erleichterten Lächeln auf den Lippen verkniff sich Lisa einen weiteren Kommentar. Auch wenn es manchmal zwischen Samira und ihr knallte, wusste sie doch, dass sie sich auf sie verlassen konnte, wenn es darauf ankam. »Dankeschön.« Sie beugte sich vor und gab ihrer Tochter einen Kuss auf die Stirn.

Nachdem sie sich im Badezimmer die Müdigkeit aus dem Gesicht geschminkt und ihre schulterlangen, schwarz gefärbten Haare gekämmt hatte, verabschiedete Lisa sich von Mia und Samira und bat beide noch einmal inständig, sich in den Stunden ihrer Abwesenheit nicht die Köpfe einzuschlagen. Dann ging sie in den schmalen Flur, schlüpfte in ihre Schuhe, schnappte sich die Handtasche von der Garderobe und öffnete die Wohnungstür.

Als ihr dabei einfiel, dass sie am heutigen Tag noch gar nicht in den Briefkasten geschaut hatte, öffnete sie diesen rasch und fischte einige Umschläge heraus, bei denen es sich ausschließlich um Werbung zu handeln schien. Mit dem Vorsatz, alles später im Müll zu entsorgen, wollte sie die Reklamesendungen in ihrer Handtasche verstauen, als ihr zwischen den unscheinbaren Umschlägen eine bunt bedruckte Karte auffiel.

Auf der bedruckten Seite war ein Ottifant zu sehen, der einem Artgenossen mit seinem Rüssel einen Blumenstrauß entgegenstreckte. Lisa mochte die gezeichneten Elefanten des ostfriesischen Kultkomikers Otto Waalkes sehr und hatte sich vor Kurzem sogar einen Salz- und einen Pfefferstreuer gekauft, die, wenn man sie dicht nebeneinander stellte, so aussahen wie die Skulptur der küssenden Ottifanten, die in der Seehafenstadt Emden stand.

Neugierig wendete sie die Postkarte, um die Rückseite lesen zu können. Sie hatte keine Ahnung, wer ihr geschrieben haben könnte.

Seit ich dich zum letzten Mal sah,
kann ich dich nicht vergessen,
deine Schönheit hat sich für immer in meine Erinnerung gefressen.

Lisa kniff die Augen zusammen. *Kein Name*, wunderte sie sich. Auch das Schriftbild gab ihr keinerlei Anhaltspunkte auf den Absender. Die geschwungenen Buchstaben wirkten eher wie gemalt und keinesfalls so, als hätte sie ein Mann geschrieben. Hatte sie etwa eine weibliche Verehrerin oder war das Ganze nur ein übler Scherz?

Gemeinsam mit den Werbesendungen steckte sie die Postkarte in ihre Handtasche. Sie musste zur Arbeit und hatte jetzt definitiv keine Zeit, sich über die Motive des Verfassers Gedanken zu machen. Unabhängig davon war sie ohnehin noch nicht bereit für eine neue Beziehung. Nach den vielen gemeinsamen Jahren mit Sönke konnte sie sich einfach noch nicht vorstellen, einen neuen Mann an ihrer Seite zu haben. Außerdem waren die Kinder noch immer damit beschäftigt, sich an das eigenwillige Inselleben und die neue Familiensituation zu gewöhnen.

Samstag

Während Hauptkommissar Onno Renken auf das Eintreffen der Spurensicherung wartete, näherte er sich im großen Bogen der Picknickdecke, die etwa zweihundert Meter von Lisas Leiche entfernt lag. Da er vermutete, dass die junge Frau von dort aus geflohen sein musste, ehe sie ihr Mörder schließlich eingeholt und getötet hatte, achtete er besonders darauf, nicht den direkten Weg zu nehmen, da die Experten der Spurensicherung dort eventuell noch Hinweise finden könnten.

Mit wem könnte sie sich getroffen haben? Er versuchte sich zu erinnern, ob er Lisa in der letzten Zeit mit einem Mann gesehen hatte. Ob Jantje etwas wusste? Obwohl auch seine Frau eher introvertiert war, war sie, allein schon wegen der Kinder, viel besser an den Klatsch und Tratsch der Insel angeschlossen als er. Oft erzählte sie ihm beim Abendbrot von den neuesten Gerüchten. Er musste jedoch zugeben, dass er ihr dabei nicht immer mit voller Aufmerksamkeit zugehört hatte. Sollte es bei einem dieser Gespräche auch um eine potentielle Liebschaft der Ermordeten gegangen sein, wäre dieses Wissen jetzt sicher Gold wert. Doch fragen konnte er sie danach auf keinen Fall. Dann müsste er ja zugeben, dass er mit seinen Gedanken oft woanders war, wenn sie ihm von irgendwelchen Weibern aus der Inselgemeinschaft berichtete. Er würde das aber auch noch auf anderem Wege herausfinden.

Über den Sand kam der Elektro-Buggy der Seehundretter auf ihn zugefahren. Lübbo saß am Steuer. Neben ihm hatte eine Frau mit solariumgebräuntem Gesicht Platz genommen. Ihre schulterlangen lockigen Haare tanzten im Fahrtwind. Auf der kleinen Ladefläche schien eine weitere Person zu sitzen, die der Hauptkommissar aus dieser Position jedoch nicht erkennen konnte.

Als der Wagen neben ihm zum Halten kam, konnte Onno einen genaueren Blick auf den jungen Mann werfen, der mangels Sitzplätzen mit der Ladefläche vorliebnehmen musste. Er schien in Thedas Alter zu sein, hatte längere rotblonde Locken, dafür aber sehr kurzgeschorene Seiten. »Moin!«, begrüßte er die beiden und stellte sich mit Namen und Dienstgrad vor.

Die Beifahrerin, die Onno auf etwa Mitte fünfzig schätzte, reichte ihm die Hand. »Hauptkommissarin Maike Evers.« Sie blickte über ihre Schulter und nickte in Richtung Ladefläche, wo der männliche Polizist einige Metallkoffer vom Buggy ablud. »Und das da ist mein Begleiter, Oberkommissar Claas Schepker.«

Onno hatte noch nie eine Frau mit einer so tiefen Stimme getroffen. In Kombination mit den vielen Falten um ihren Mund ging er davon aus, dass sie in ihrem bisherigen Leben wahnsinnig viel geraucht haben musste.

Wie zur Bestätigung zog die Polizistin eine Schachtel hervor, fingerte eine Kippe heraus, steckte sie sich zwischen die gespitzten Lippen und entzündete sie mit einem Feuerzeug. Während sie gedankenverloren aufs Meer hinausblickte, nahm sie einen tiefen Zug.

Sichtlich irritiert von dem ungewöhnlichen Verhalten der Kollegin, stand der Hauptkommissar neben ihr und schaute ebenfalls auf das wogende Wasser. »Wie war Ihr Flug?«, fragte er schließlich, nachdem ihm die Stille zu unangenehm geworden war.

»Schrecklich«, sagte Maike Evers und nahm einen weiteren Zug. »Sind Sie schon mal mit einem Helikopter geflogen?«

Onno schüttelte den Kopf.

»Ich werde mich nie daran gewöhnen.«

Erst jetzt begriff der Hauptkommissar, warum seine Kollegin vom Festland so dringend eine Kippe brauchte. Sie hatte Flugangst. Aufgrund ihrer künstlichen Bräune war ihr dies wahrscheinlich nicht so gut anzusehen wie hellhäutigen Menschen, die einfach kreidebleich wurden. Er musste an *Das A-Team* denken. In dieser US-amerikanischen TV-Serie, die er als Kind gerne geschaut hatte, spielte der muskelbepackte Mister T ein Mitglied einer Spezialeinheit, das wahnsinnig unter Flugangst litt und von den übrigen Mitgliedern vor einem Flug immer gegen seinen Willen betäubt wurde, damit sie keine stundenlange Autofahrt zu ihrem nächsten Einsatzort in Kauf nehmen mussten.

»Ich baue schon mal das Sichtschutzzelt auf und sperre den Bereich weiträumig ab«, sagte Oberkommissar Schepker und ging, mit jeweils einem Metallkoffer in der Hand, auf die Plane zu.

»Mach das. Ich komme gleich und helfe dir.«

Onno wollte dem jüngeren Polizisten folgen, um ihm von seinen bisherigen Erkenntnissen zu berichten und ihn auf die Picknickdecke hinzuweisen, wurde aber von der flugkranken Hauptkommissarin zurückgehalten. »Was haben Sie vor?«

»Ich wollte Ihrem Kollegen nur sagen, was …«

»Das lassen Sie mal schön bleiben. Er muss lernen, seine eigenen Schlüsse zu ziehen. Schließlich will ich irgendwann auch mal meine Pension genießen und bis dahin müssen die jungen Hüpfer gelernt haben, ganz alleine zu fliegen.«

Der Hauptkommissar wollte widersprechen, sah aber an dem entschlossenen Blick seiner Gesprächspartnerin, dass er es gar nicht erst zu versuchen brauchte.

»Lassen Sie uns mal unsere Arbeit machen, und Sie machen Ihre. Wenn auf der Insel erst die Neuigkeit von der Strandleiche die Runde macht, haben Sie sicherlich alle Hände voll zu tun. Außerdem gibt es doch bestimmt eine Menge Leute, denen Sie unangenehme Fragen stellen wollen.« Ein rasselndes Lachen entfuhr ihrer Kehle.

»Aber wir müssen doch den Tatort abriegeln, damit Sie in Ruhe nach Spuren suchen können.«

»Dafür haben wir zwei Kollegen vom Festland mitgebracht. Ihr Kumpel holt sie gerade vom Flugplatz ab. Wir haben uns schon gedacht, dass zwei einsame Inselcops sich nicht aufteilen können.«

Erst jetzt fiel Onno auf, dass Lübbo samt Buggy nicht mehr da war.

»Und unsere kleine Miss Perfect würde sich ohnehin nicht stundenlang in den Sand stellen, um uns beim Buddeln zuzuschauen.«

»Miss Perfect«, wiederholte Onno, »wen meinen Sie damit?«

»Na, unser Fräulein Saathoff. Wenn ich mich nicht täusche, hat sie doch heute ihren ersten Tag auf der Insel, oder nicht?«

»Doch, das stimmt. Aber diesen Spitznamen kannte ich noch nicht.«

Maike Evers nahm einen letzten tiefen Zug, warf die Zigarette zu Boden und vergrub sie mit dem Fuß unter dem Sand. »Ich bin eigentlich kein Freund davon, schlecht über andere zu sprechen und

Gerüchte und Vorurteile zu verbreiten. Aber als ich gehört habe, dass dieses allzu selbstbewusste Püppchen nach Wangerooge versetzt wird, habe ich zunächst gedacht, dass das die Strafe dafür ist, weil sie mit zu vielen verheirateten Kollegen rumgemacht hat. Aber angeblich soll sie wohl nur hierhergekommen sein, weil man ihr dadurch eine schnellere Beförderung in Aussicht gestellt hat.«

Obwohl Onno auch von anderer Seite schon negative Informationen über Theda zu Ohren gekommen waren, gefiel es ihm nicht, wie die Hauptkommissarin über seine neue Kollegin sprach. »Also bisher hat sie auf mich einen sehr engagierten Eindruck gemacht«, verteidigte er sie.

»Engagiert?«, wiederholte diesmal Maike Evers. »Ja, das ist sie. Manchmal vielleicht ein wenig zu sehr, aber das werden Sie schon noch merken. Durch den Mord hat Miss Perfect nun ja jede Menge Gelegenheiten, sich in Szene zu setzen.«

Onno dachte an die Situation an der *Jever-Plattform*, als Theda sich aus seiner Sicht zu sehr in den Vordergrund gedrängt hatte. *Also wenn die immer so ist, kann das ja noch heiter werden.*

***

Nachdem Lübbo auch die beiden Beamten zum Tatort chauffiert hatte, deren einzige Aufgabe es war, die ungestörte Arbeit der Spurensicherung zu gewährleisten, nahm er Onno mit zurück zur *Jever-Plattform.* Dort wartete bereits eine sichtlich angefressene Theda auf ihn.

»Na endlich«, begrüßte sie ihn ungehalten, packte ihn am Arm und zog ihn einige Meter mit sich. »Weißt du eigentlich, wie nervig das war, den ganzen alten Leuten zu verklickern, dass sie den Strand aktuell nicht betreten dürfen?« Sie holte tief Luft. »Nächstes Mal …«

»Ein nächstes Mal wird es hoffentlich so schnell nicht geben«, bremste Onno sie aus. »Der letzte Mord auf Wangerooge liegt auf jeden Fall schon eine Ewigkeit zurück, und das wird nach der Aufklärung dieser Tat hoffentlich wieder genauso sein.« Unbeeindruckt von ihrem kleinen Wutanfall löste er seinen Arm aus ihrem Griff und ging zu seinem Dienstrad.

»Wo willst du denn jetzt hin?« Die Oberkommissarin stemmte die Hände in die Seiten und schaute ihrem neuen Partner verärgert hinterher. Sie mochte es gar nicht, dass er sie immer wieder einfach so stehen ließ.

Der Hauptkommissar schwang sein Bein über den Sattel. »Ich muss einen Mordfall aufklären und wäre dankbar, wenn du mir dabei helfen würdest.«

Sie wusste nicht genau warum, aber irgendwie hatte Theda mit dieser Antwort nicht gerechnet. Sie brauchte einen Moment, um die Information zu verarbeiten. Dann huschte ihr ein Lächeln über das Gesicht und sie eilte ebenfalls zu ihrem E-Bike. »Wo fangen wir an?«, fragte sie ihren Kollegen, während sie zurück zum Inseldorf radelten.

»Lisa Neumann hat zwei Töchter. Wir müssen sicherstellen, dass sich jemand um die beiden kümmert.« Onno dachte an seine eigenen Kinder. Er hoffte, dass Emma und Finn nie mit einer solch schrecklichen Neuigkeit konfrontiert werden würden.

»Vielleicht wissen die beiden ja auch, mit wem ihre Mutter sich mitten in der Nacht am Strand treffen wollte.«

Skeptisch verzog Onno das Gesicht. Soweit er wusste, waren Lisas Kinder nur ein paar Jahre jünger als seine eigenen. Hatte die alleinerziehende Mutter die beiden wirklich vollkommen unbeaufsichtigt zurückgelassen?

Als sie die Ferienwohnung erreichten, in der die kleine Familie lebte, hatte der Hauptkommissar einen dicken Kloß im Hals. Was sollte er nur tun, wenn Samira und Mia wirklich allein zu Hause waren und ihm eines der Mädchen gleich die Tür öffnen würde. Es war Wochenende. In der Schule waren die beiden daher definitiv nicht.

Auch Theda war aufgefallen, dass ihr neuer Partner mit jedem Meter schweigsamer und die Haut um seine Nase immer blasser geworden war. »Kanntest du das Opfer gut?«

Onno schüttelte den Kopf. »Das nicht«, brachte er mühsam hervor, ehe er schlucken musste, um seinen Speichelfluss wieder anzuregen.

»Moin Onno! Was machst du denn hier?« Ein älterer Mann mit schütterem grauem Haar trat ins Sichtfeld des Polizisten. Als er bemerkte, dass der Hauptkommissar nicht allein war, streckte er dessen Begleitung die Hand entgegen. »Sie habe ich hier ja noch nie gesehen. Machen Sie Urlaubsvertretung auf unserer Insel?«

»Gewöhn dich ruhig an ihren Anblick«, sagte Onno. »Frau Saathoff soll mir ab heute dauerhaft zur Seite stehen.« Er musste an das denken, was Hauptkommissarin Evers zu ihm gesagt hatte. Wenn Theda den Job auf Wangerooge wirklich nur als Karrieresprungbrett ansah, würde ihre Zusammenarbeit vielleicht gar nicht so lange andauern.

»An den Anblick gewöhne ich mich sehr gerne.« Ein breites Grinsen huschte über das Gesicht des Mannes, während er der jungen Polizistin kurz zuzwinkerte. »Und hat die junge Dame denn auch einen Vornamen?«

»Die junge Dame ist Oberkommissarin«, reagierte Theda schnippisch.

Der Insulaner schaute den Hauptkommissar überrascht an. »Se is futt up hunnert.«

Onno unterdrückte ein Schmunzeln und zuckte stattdessen nur kaum sichtbar mit den Schultern.

»Was soll das denn heißen?«, wollte Theda wissen. Sie verstand nicht viel Plattdeutsch, aber es reichte, um zu bemerken, dass ihr Gesprächspartner sich über ihre zurechtweisende Art zu amüsieren schien.

Der Mann lächelte, übersetzte aber seine Worte nicht. »Hier auf der Insel pflegen wir untereinander einen lockeren Umgangston. Die meisten sprechen Platt miteinander, aber wir können auch Hochdeutsch. Nur das förmliche Sie kommt uns nur recht selten über die Lippen. Wir sind aber auch ohne dies in der Lage, einen gewissen Abstand und Respekt zu wahren. Stimmt's, Onno?«

Der Hauptkommissar nickte. »Ich musste mich auch daran gewöhnen, aber trotz des lockeren Umgangstons hatte ich noch nie Probleme mit der beruflich gebotenen Distanz.«

»Kiek!«, fühlte sich der Insulaner bestätigt und streckte der distanziert wirkenden Polizistin erneut die Hand entgegen. »Ich heiße Folmer.«

Die Oberkommissarin überlegte kurz, konnte aber dem entwaffnenden Lächeln des Mannes letztendlich nicht widerstehen. »Theda«, stellte sie sich vor, nahm seine Hand entgegen und strahlte ihn an, als wären sie schon seit Jahren beste Freunde.

Beeindruckt von der spontanen Wandlung seiner Kollegin schob der Hauptkommissar die Unterlippe leicht vor. *Sie scheint sehr anpassungsfähig zu sein*, dachte er, wusste aber noch nicht genau, ob ihm das wirklich gefiel.

»Was macht ihr denn hier?«, fragte Folmer. »Wollt ihr auch zu Lisa?«

»Nicht direkt.« Onno musste erneut schlucken. Erst jetzt wurde ihm klar, warum Folmer Hoferland zu der alleinerziehenden Mutter wollte. Sie war auf die Insel gezogen, um in seinem Modegeschäft zu arbeiten. Seine Frau und er waren damals so froh gewesen, endlich eine Mitarbeiterin für ihr Geschäft gefunden zu haben, dass sie Lisa und den Kindern eine ihrer Ferienwohnungen als dauerhafte Wohnunterkunft zur Verfügung gestellt hatten.

»Sie ist heute Morgen nicht zu ihrer Schicht im Laden erschienen. Das ist vorher noch nie passiert. Rena war ziemlich sauer, weil sie deshalb Hals über Kopf ins Geschäft musste, und hat mich angewiesen, unsere Mitarbeiterin zurechtzuweisen.« Er presste verlegen die Lippen aufeinander. »Aber ehrlich gesagt, hoffe ich, dass sie eine gute Begründung für ihr unentschuldigtes Fehlen hat, damit ich nicht zu sehr mit ihr schimpfen muss. Immerhin hat sie heute ...«

»Und ob sie die hat«, fiel Theda ihm ins Wort. Sie konnte ein zynisches Lächeln nicht verbergen und erntete dafür von ihrem Partner einen strafenden Blick.

Der Hauptkommissar legte Folmer eine Hand auf die Schulter. »Ich komme gerade vom Strand. Lübbo hat dort heute Morgen eine Leiche gefunden.« Er machte eine Pause, um Luft zu holen. »Es ist Lisa!«

»Unsere Lisa?« Folmer schaute sein Gegenüber aus weit aufgerissenen Augen an. »Das kann doch nicht ...«

»Es ist leider wahr«, bestätigte Theda. »Und wir müssen jetzt schnellstmöglich herausfinden, wer das Leben dieser jungen Frau auf dem Gewissen hat.«

»Aber vorher müssen wir uns um ihre Töchter kümmern.« Ängstlich schaute Onno zur Wohnungstür der Familie Neumann. Er wusste wirklich nicht, wie er den beiden Mädchen beibringen sollte, dass ihre Mutter sie nie wieder in die Arme schließen konnte.

»Zum Glück ist ihr Vater gerade auf der Insel.« Geräuschvoll ließ Folmer die angestaute Luft aus seinen aufgeblähten Wangen entweichen.

Theda war von Onno über die Familienverhältnisse informiert worden, als sie mit dem Fahrrad zurück zum Inseldorf gefahren waren. Nachdem Lisa sich von ihrem Mann Sönke getrennt hatte, war sie vor ungefähr einem Jahr mit den gemeinsamen Kindern nach Wangerooge gezogen, während er in Nordrhein-Westfalen geblieben war. »Dann sollten wir ihn vorab informieren, damit er dabei ist, wenn die Kinder es erfahren«, schlug sie daher vor.

»Er hat sich eine unserer Ferienwohnungen gemietet. Wenn ich meine Frau richtig verstanden habe, wohnen die Kinder während seines Aufenthaltes bei ihm«, warf Folmer ein.

»Welche Wohnung ist das?«, wollte Onno wissen.

Peinlich berührt zuckte Folmer mit den Schultern. »Rena ist für die Vermietung zuständig«, sagte er achselzuckend, griff zum Handy und rief seine Frau an. Nachdem er ihr am Telefon die schreckliche Neuigkeit mitgeteilt und sie gefragt hatte, in welcher Unterkunft Sönke Neumann wohnte, teilte er den Polizisten die Adresse mit.

Die Inselcops schwangen sich sofort auf ihre Räder. Beide waren erleichtert, dass sich der Vater der Mädchen bereits auf der Insel befand.

»Wenn die Neumanns schon seit über einem Jahr getrennt leben, dürfte die Nachricht den Vater ja nicht ganz so hart treffen, als wenn sie noch immer schwer verliebt wären«, mutmaßte Theda.

»Na ja«, murmelte Onno. Er versuchte, sich in Sönkes Situation zu versetzen. »Soweit ich weiß, hat Lisa ihn verlassen. Ob er noch Gefühle für sie hat, kann ich nicht sagen. Abgesehen davon, werden wir sein Leben von jetzt auf gleich auf den Kopf stellen. Er wird die Kinder wieder zu sich holen müssen. Das bedeutet Umzug, Schulanmeldungen, Kinderzimmer einrichten und den beruflichen Alltag vollkommen neu gestalten.«

Die besagte Ferienwohnung lag in der Friedrich-August-Straße. Die Polizisten stellten ihre Räder am Straßenrand ab und gingen mit weichen Knien auf die Haustür zu. Der Hauptkommissar holte tief Luft und tauschte einen bestätigenden Blick mit seiner neuen Kollegin, ehe er auf den Klingelknopf drückte.

Es dauerte einen Moment, bis die Tür sich öffnete und ein etwa dreißigjähriger Mann im Türrahmen auftauchte. Er war ungefähr 1,85 Meter groß, hatte kurzgeschorene schwarze Haare und einen sportlichen Körperbau. Seine durchtrainierten Arme stützte er auf ein paar Krücken, sein linker Fuß war bis zum Schienbein eingegipst. Die dunklen Schatten unter seinen Augen ließen erahnen, dass er nicht gut geschlafen hatte.

Onno erinnerte sich an die Zeit, als er seinen Mittelfußknochen gebrochen hatte. Damals war er noch ein junger Teenager gewesen und vom Rand einer Brücke auf die darunterliegende Böschung gesprungen, weil er ein Mädchen hatte beeindrucken wollen. Ob der Knochen bei dieser Aktion oder beim anschließenden Fußballtraining endgültig gebrochen war, wusste er bis heute nicht genau. Aber er konnte sich noch gut daran erinnern, wie es unter dem Gips immer gejuckt hatte und wie schwer es ihm gefallen war, mit dem Klotz am Bein zu schlafen. »Herr Neumann?«, sprach er sein Gegenüber vorsichtig an.

»Der bin ich.« Irritiert wanderte Sönkes Blick zwischen dem vor ihm stehenden Hauptkommissar und der Oberkommissarin hin und her.

»Dürfen wir kurz reinkommen?«

»Ja … sicher … Warum nicht.« Er machte einen Schritt zur Seite, sodass die beiden Beamten passieren konnten. »Aber seien Sie bitte leise. Meine Töchter schlafen noch.«

Theda warf einen skeptischen Blick auf ihre Smartwatch. Es war schon fast Mittag.

»Kinder!«, gab sich Onno verständnisvoll. Sein Lachen klang verkrampft. Besonders seine große Tochter konnte an schulfreien Tagen eine Ewigkeit im Bett verbringen.

Mit den Krücken humpelte Sönke Neumann in die kleine Wohnküche der Ferienwohnung, zog sich einen Stuhl zurecht und ließ sich mühsam darauf nieder. »Nehmen Sie Platz!«, sagte er und deutete auf die übrigen Sitzgelegenheiten.

»Danke, aber wir stehen lieber.«

Theda lehnte sich mit dem Po gegen die Küchenablage, während Onno mit verschränkten Armen mitten im Raum stand und sichtlich nervös auf der Stelle wippte.

»Wir müssen Ihnen leider mitteilen, dass Ihre Frau heute Vormittag leblos aufgefunden wurde.«

Sönkes Kinnlade klappte herunter. Aus müden, aber weit aufgerissenen Augen schaute er den Überbringer der schlechten Nachricht an. Er schien zunächst seine Gedanken sortieren zu müssen, ehe er etwas erwidern konnte. »Wir sind seit einem halben Jahr geschieden«, sagte er schließlich mit heiserer, geistesabwesender Stimme. Sein Kinn sackte auf seine Brust und sein Blick schien auf seinem Gipsbein zu haften.

Der Hauptkommissar zog sich jetzt doch einen der Stühle heran, platzierte ihn direkt vor Sönke Neumann und setzte sich. »Herr Neumann!« Er betonte den Namen seines Gesprächspartners extra deutlich, um diesen aus seiner Trance zu holen. »Es tut uns wirklich leid, Ihnen das sagen zu müssen, aber Ihre Exfrau ist brutal ermordet worden.«

»Was?« Ruckartig schnellte sein Kopf wieder empor. »Aber … Warum? Wer tut denn so etwas?«

»Das wollen wir herausfinden«, sagte Oberkommissarin Saathoff. Sie hatte sich von ihrem ursprünglichen Platz gelöst und stand jetzt direkt neben dem Betroffenen. Einfühlsam legte sie ihm eine Hand auf eine der schlaff herunterhängenden Schultern. »Aber dafür müssen wir Ihnen einige Fragen stellen. Schaffen Sie das?«

Sönke Neumann schaute der Polizistin in die Augen, biss sich dabei auf die Unterlippe und nickte zaghaft.

»Sehr gut!« Entschlossen zog sich auch Theda einen Stuhl heran und setzte sich so hin, dass die drei quasi ein Dreieck bildeten.

»Wo …?« Sönke schluckte. »Ich meine, wie ist Lisa …?«

»Sie wurde am Ostende der Insel getötet«, antwortete der Hauptkommissar und erwähnte dabei bewusst weder die Picknickdecke noch die große Menge an Stichverletzungen. Beides sprach seiner Meinung nach dafür, dass Täter und Opfer sich gekannt haben mussten.

»Am Ostende? Was wollte sie denn da draußen?«

»Wir hatten gehofft, das könnten Sie uns vielleicht sagen.« Theda fixierte seine Augen.

»Ich? Woher sollte ich das wissen?«, reagierte Sönke Neumann überrascht.

»Seit wann sind die Kinder bei Ihnen?«, setzte Onno zeitlich etwas weiter vorne an.

Sönke Neumann überlegte laut. »Ich bin seit einer Woche krankgeschrieben.« Er schaute auf seinen Verband. »Mir ist auf der Baustelle ein Stahlrohr auf den Fuß gefallen.« Als ob er den Moment noch einmal nachempfinden würde, verzog er schmerzverzerrt das Gesicht. »Um aus der Not eine Tugend zu machen, wollte ich spontan für zwei Wochen nach Wangerooge reisen, um zusätzliche Zeit mit meinen Kids zu haben.«

»Wie oft sehen Sie Ihre Töchter normalerweise?«, fragte Theda.

»Ich komme fast jedes zweite Wochenende auf die Insel, damit meine beiden nicht den ganzen Weg nach Essen auf sich nehmen müssen. Dann wohne ich meistens im Hotel *Villa im Park*. Wenn ich

Urlaub habe und ein bis zwei Wochen hier sein kann, nehme ich mir immer eine Ferienwohnung.«

»War denn nach Ihrem Fußbruch so spontan etwas frei?«, war der Hauptkommissar überrascht. In der Hauptsaison war es nahezu unmöglich, innerhalb weniger Tage eine Ferienwohnung zu bekommen.

»Ich hatte Glück«, gab Sönke Neumann zu. »Ich habe Lisa geschrieben, dass ich meine Krankschreibung gerne nutzen würde, um Zeit mit Samira und Mia zu verbringen, aber leider keine Ferienwohnung finden würde. Sie hat bei ihren Arbeitgebern nachgefragt. Die besitzen einige Unterkünfte auf Wangerooge. Bei einer davon wurde die ursprüngliche Buchung kurz zuvor wegen Krankheit storniert.«

»Glück im Unglück«, kommentierte Oberkommissarin Saathoff die Geschichte.

»Sage ich ja«, gab Sönke Neumann ihr recht. »Letzten Dienstag habe ich die letzte Fähre genommen, also wohnen Samira und Mia seit Mittwoch bei mir in der Ferienwohnung.«

»Hatten Sie seitdem Kontakt zu Ihrer Exfrau?«, fragte Onno nach.

Sönke Neumann schüttelte den Kopf. »Das Verhältnis zwischen uns ist seit der Trennung nicht das beste. Ehrlich gesagt, habe ich lange gebraucht, mich mit der neuen Situation abzufinden. Lisa und irgendwie auch die Kinder zu verlieren, war ein harter Schlag für mich.«

»Warum hat sie sich von Ihnen getrennt?«, hakte Theda nach.

Verdutzt schaute Sönke zunächst sie und dann den Hauptkommissar an. »Warum trennt sich eine Frau von ihrem Mann?«, reagierte er zunächst mit einer Gegenfrage. »Das spielt doch in diesem Fall keine Rolle, oder?« Entsetzen machte sich auf seinem Gesicht breit. »Oder denken Sie etwa …?«

»Wir denken gar nichts«, beschwichtigte der Hauptkommissar. »Wir wollen nur herausfinden, wer Ihrer Exfrau das angetan hat. Dabei können alle Informationen wichtig sein, auch wenn sie in diesem frühen Stadium der Ermittlungen noch total unnütz erscheinen mögen.«

Sönke Neumann beugte sich vor, stützte seine Ellenbogen auf seinen Oberschenkeln ab, faltete die Hände zusammen und schnappte nach Luft. »Okay«, sagte er schließlich. »Wenn es Ihnen theoretisch helfen könnte, werde ich Ihnen erzählen, warum Lisa sich von mir getrennt hat.«

4. Kapitel

Samstag

Während Sönke Neumann den beiden Polizisten davon erzählte, wie es zur Trennung zwischen ihm und seiner Exfrau gekommen war, starrte er permanent auf seinen Gips. »Lisa und ich haben uns schon in der Schulzeit kennen und lieben gelernt. Damals lebten wir noch im ostfriesischen Leer. Sie war noch nicht ganz volljährig, als sie von mir schwanger wurde. Kurz nach ihrem achtzehnten Geburtstag haben wir dann geheiratet, ehe wir nur wenige Wochen darauf nach Nordrhein-Westfalen gezogen sind. Dort sind auch unsere beiden Töchter geboren.«

»Klingt bis dahin nach einer wahren Lovestory«, reagierte Theda ungeduldig. »Wann und wie bekam Ihre Liebe denn die ersten Risse?«

»Das war wohl meine Schuld«, gestand er seufzend. »Nach Mias Geburt war mein Leben nicht mehr dasselbe. Ich hatte keine Zeit mehr, um mit meinen Kollegen feiern zu gehen oder ins Fußballstadion zu fahren. Als wir nur ein Kind hatten, hat Lisa mir für solche Freizeitaktivitäten immer den Rücken freigehalten. Aber als wir plötzlich zwei hatten, forderte sie immer wieder meine Unterstützung ein.«

»Plötzlich zwei«, äffte Theda ihn leise nach, lästerte danach aber lieber in ihren Gedanken weiter. *Als ob so ein Baby von heute auf morgen auf die Welt kommt.*

Onno sagte schnell etwas, damit Sönke Neumann keine Zeit hatte, um sich über die verbale Entgleisung seiner Kollegin Gedanken zu machen. Tadeln wollte er sie aber auch nicht, da er ihren schnippischen Kommentar durchaus gerechtfertigt fand. Er kannte genügend Männer, die nach der Geburt ihrer Kinder ihr Leben einfach weiterlebten wie bisher und den Müttern sämtliche Aufgaben überließen, die mit dem gemeinsamen Nachwuchs zu tun hatten. Für diese Machos alter Schule hatte er nicht viel übrig und hoffte inständig, dass seine Tochter niemals mit einem derart prähistorischen Exemplar der Spezies Mann nach Hause kommen würde. »Und Sie haben wirklich keine Ahnung, warum Ihre Exfrau mitten in der Nacht zum Ostende der Insel aufgebrochen sein könnte?«

Mit zusammengepressten Lippen und hängenden Schultern schüttelte Sönke Neumann den Kopf.

»Wissen Sie, ob es einen neuen Mann in ihrem Leben gab?«, fragte Oberkommissarin Saathoff.

Doch noch ehe sie von der Picknickdecke und dem Ethanol-Kamin berichten konnte, fuhr Onno ihr über den Mund. Er hielt es für besser, kein Täterwissen preiszugeben. »Wir wissen nicht, ob sie mit ihrem Mörder verabredet gewesen ist oder ob sie einfach nur gerne einen nächtlichen Spaziergang unternehmen wollte«, sagte er deshalb schnell.

»Ich weiß weder von einem neuen Mann noch von einer Vorliebe für Mondscheinspaziergänge.« Sönke Neumann verzog seine Lippen zu einem entschuldigenden Lächeln. »Alle Informationen, die ich über Lisas Leben nach unserer Trennung habe, stammen von den Kindern.«

»Dann müssen wir die auch befragen«, flüsterte Theda ihrem neuen Partner zu, wohl wissend, dass auch Lisas Exmann sie hören konnte.

Im selben Moment bemerkten sie, wie sich eine Tür im hinteren Teil der Ferienwohnung öffnete.

Erschrocken schaute Sönke die beiden Polizisten an. »Ich …« Er sah aus, als habe er plötzlich einen Geist gesehen. »Wie soll ich es ihnen sagen?«

Hauptkommissar Renken stand auf. »Wir lassen Sie jetzt erst einmal alleine, damit Sie Ihren Mädchen die schreckliche Nachricht in Ruhe mitteilen können. Vielleicht schauen wir später nochmal vorbei. Dann werden wir sehen, ob eine der beiden in der Lage ist, uns ein oder zwei Fragen zu beantworten.«

Gemeinsam mit seiner neuen Partnerin verließ er die Ferienwohnung. Auf dem Weg zu ihren Fahrrädern schaute sich die neue Inselkommissarin immer wieder um.

»Was ist?«, wollte Onno wissen.

»Ach, nichts«, antwortete Theda. Dabei war ihrem Tonfall eindeutig zu entnehmen, dass ihre Worte nicht zu ihrer eigentlichen Gefühlslage passten.

»Nun spuck schon aus!«

Die Oberkommissarin verzog das Gesicht, während sie ihren Pferdeschwanz zurechtrückte und sich den Fahrradhelm aufsetzte. »Lisas Exmann scheint mit der Trennung so seine Probleme zu haben. Ich frage mich …«

»Ob er auf seinen Krücken zum Strand gehumpelt ist, seine Ex im tiefen Sand verfolgt und sie dann mit einem Messer niedergestochen hat?« Bei der Vorstellung musste Onno lachen. Leute mit Nordic-Walking-Stöcken sah er regelmäßig am Strand. Aber Männer mit medizinischer Gehhilfe und Gipsbein hatte er noch nie dort gesehen.

»Mir ist schon klar, dass er es nicht selbst gewesen sein kann«, reagierte Theda schnippisch. Dass ihr neuer Partner sich über ihren Gedankenansatz lustig machte, gefiel ihr überhaupt nicht. »Aber er könnte doch jemanden beauftragt haben.«

Das Lachen des Hauptkommissars erstarb. »Du meinst, es könnte kein Zufall sein, dass er die Kinder in dieser Nacht bei sich hatte?«

»Möglich wäre es! Vielleicht wollte er sich an Lisa rächen, weil sie ihn verlassen hatte. Vielleicht wollte er die Kinder für sich haben.« Theda zuckte mit den Achseln. »Was weiß denn ich, was gekränkter Männerstolz aus einem scheinbar normalen Typen machen kann?«

»Vielleicht sollten wir mit Folmer und Rena sprechen.«

»Den Arbeitgebern von Lisa Neumann?«

Onno nickte. »Zu den Stoßzeiten stehen bei ihnen immer mindestens zwei Verkäufer im Laden. Und da Lisa ihre einzige Angestellte war, haben sie demnach viel Zeit mit unserer Toten verbracht. Vielleicht hat sie den beiden ja auch etwas über ihren Exmann erzählt.«

»Oder über den heimlichen Verehrer«, erinnerte Theda ihn an die Picknickdecke und den tragbaren Kamin.

***

Die Modeboutique der Eheleute Hoferland lag in der Zedeliusstraße. Als die Inselpolizisten den Laden betraten, wurde sofort eine kleine Dame im hellblauen Zweiteiler auf sie aufmerksam und ging auf den Hauptkommissar zu. »Gut, dass du kommst. Das Ganze ist ja so schrecklich. Habt ihr schon was herausgefunden?«

Onno gefiel es gar nicht, dass Rena so laut sprach, dass sich sofort alle Augen der anwesenden Kunden auf sie richteten. Soweit er das beurteilen konnte, waren zwar nur Touristinnen im Laden, aber dennoch wäre es ihm lieber gewesen, die Boutique-Betreiberin würde sich etwas diskreter verhalten. »Können wir uns kurz unterhalten?« Mit den Augen gab er ihr zu verstehen, dass er das Ladenlokal nicht für den passendsten Ort für das anstehende Gespräch hielt.

»Folmer hat einen dringenden Termin. Und weil Lisa ausgefallen …« Rena stockte, da sie selbst bemerkte, dass ihre Wortwahl unpassend war. Da ihr aber auch keine bessere einfiel, sprach sie schließlich einfach weiter: »Ich bin ganz allein im Laden. Du siehst ja, was hier los ist. Ich kann hier nicht weg!«

»Meine neue Kollegin passt auf, dass nichts geklaut wird. Dauert ja auch nicht lange.« Mit diesen Worten hatte er nicht nur Rena, sondern auch Theda überrumpelt.

Die junge Oberkommissarin blieb vollkommen verdattert zwischen zwei Drehständern voller sommerlicher Blusen zurück, während ihr älterer Kollege die Inhaberin der Boutique in einen kleinen Nebenraum führte.

Kaum war die Tür hinter ihnen geschlossen, stellte Onno bereits seine erste Frage. »Sönke Neumann hat uns erzählt, dass er ganz spontan eine eurer Ferienwohnungen mieten konnte. Stimmt das?«

Rena nickte. »Lisa hat uns danach gefragt. Als ihr Ex zunächst nichts gefunden hat, wollte er eigentlich bei ihr übernachten. Aber das wollte sie auf gar keinen Fall.«

»Hatte sie kein gutes Verhältnis zu ihm?«

»Sie hat nie viel von ihm erzählt. Aber wenn wir doch mal auf ihn zu sprechen kamen, hatte ich immer das Gefühl, als würde sie bemüht neutral von ihm berichten.«

Onno dachte nach. Mit dem früheren Ehepartner plötzlich wieder auf beengtem Raum zusammenleben zu müssen, war sicher für die meisten Geschiedenen eine eher unangenehme Vorstellung. Er kannte nicht viele, die es nach der Trennung geschafft hatten, eine wirkliche Freundschaft zu pflegen. »Aber obwohl die beiden sich vermeintlich nicht mehr gut verstanden haben, wollte Lisa doch, dass ihr Ex spontan zu ihr nach Wangerooge kommt? Ansonsten hätte sie euch doch nicht um die Wohnung gebeten.«

»Ich war auch überrascht«, sagte Rena.

Der Hauptkommissar wurde hellhörig. »Warum?«

»Normalerweise hat sie sich nie besonders gefreut, wenn ihr Exmann auf die Insel gekommen ist, um die Kinder zu sehen.«

»Aber dieses Mal war es anders?«

Rena nickte. »Sie wirkte total happy, als ich ihr erzählt habe, dass bei uns Feriengäste für diesen Zeitraum kurzfristig storniert haben.«

»Hattest du eine Ahnung, warum sie sich so gefreut haben könnte?«

»Zunächst nicht.« Mit leicht vorgeschobener Unterlippe zog Rena den Kopf ein. »Darum habe ich sie einfach gefragt, warum sie dieses Mal so froh darüber war, ihren Ex auf Wangerooge unterbringen zu können.«

»Und was hat sie geantwortet?«, wollte Onno wissen.

»Sie meinte, ihre Kinder wären in den letzten Wochen so anstrengend gewesen, dass sie sich wirklich darauf freute, die Wohnung ein paar Tage nur für sich allein zu haben.«

»Hast du ihr das geglaubt?«

Die Boutique-Besitzerin schaute den Hauptkommissar irritiert an. »Hast du nicht selbst Kinder?«, antwortete sie mit einer Gegenfrage.

»Ja, zwei«, reagierte Onno zögerlich. Er war sich nicht sicher, ob Rena es nur nicht mehr wusste oder ihm indirekt etwas damit sagen wollte.

»Und wärest du nicht auch froh, die beiden mal für ein paar Tage los zu sein, damit du und Jantje mal wieder vollkommen ungestört seid?« Sie zwinkerte ihm vielsagend zu.

Der Hauptkommissar errötete. Er war eigentlich nicht prüde, aber von einer älteren Dame indirekt auf sein Sexleben angesprochen zu werden, machte ihn doch verlegen. »Sicher«, reagierte er daher knapp. Gleichzeitig musste er an die Picknickdecke und den Kamin denken. *Lisa wollte unbedingt ungestört sein*, dachte er. *Es war ihr sogar so wichtig, dass sie sich darüber gefreut hat, dass ihr ungeliebter Exmann als Babysitter auf die Insel kommt. Sie muss also einen neuen Schwarm gehabt haben.* »Weißt du, ob Lisa sich aktuell mit einem Mann getroffen hat?«

Rena schüttelte den Kopf. »Neugierig, wie ich bin, habe ich sie bei passender Gelegenheit immer mal wieder gefragt, wie es bei ihr an der Liebesfront aussieht. Aber sie hat immer nur behauptet, von Männern vorerst die Schnauze voll zu haben.«

Als der Hauptkommissar gemeinsam mit der Boutique-Besitzerin in den Verkaufsraum zurückkehrte, traf ihn sofort der strafende Blick seiner neuen Partnerin. Mit wütend funkelnden Augen stapfte Theda auf ihn zu, packte ihn am Arm und schleifte ihn nach draußen. »Du magst hier der ranghöhere und allseits bekannte Inselcop sein, aber ich bin nicht nach Wangerooge gekommen, um für dich irgendwelche Strandabschnitte zu sperren oder die Aufsicht in irgendwelchen Modegeschäften für alte Ladys zu spielen. Nur weil ich …«

Beschwichtigend hielt Onno die Hände vor den Körper. »Du hast ja recht. Entschuldige bitte. Die Situation ist auch für mich neu. In den letzten drei Jahren hatte ich es auf dieser Insel im schlimmsten Fall mit einer mittelschweren Körperverletzung zu tun.«

Theda hielt die Luft an, während sie der Entschuldigung ihres neuen Partners lauschte. Sie war noch immer sauer, aber seine Worte hatten ihr dennoch ein wenig den Wind aus den Segeln genommen.

»Was hältst du davon, wenn ich dich zur Entschuldigung zum Mittagessen einlade? Dabei können wir in Ruhe UNSERE …«, Onno betonte das letzte Wort besonders, um zu verdeutlichen, dass er seine neue Partnerin fortan aktiver in die Ermittlungen mit einbeziehen wollte, »… nächsten Schritte besprechen.«

Theda schaute auf ihre Smartwatch. Es war bereits halb zwei. »Einen Happen könnte ich schon vertragen. Wo wollen wir denn hingehen?«

»Ich kenne da einen Geheimtipp, den ich dir als Neuinsulanerin unbedingt zeigen muss.«

***

Nur wenige Minuten später fuhren sie mit ihren Rädern an der Freiwilligen Feuerwehr vorbei. Schräg gegenüber dem Backsteingebäude mit den fünf großen Garagentoren befand sich ein uriges kleines Häuschen, vor dem Onno plötzlich abbremste und sein Rad zum Stehen brachte.

»Was wollen wir hier?« Die Oberkommissarin scannte das in die Jahre gekommene Gebäude. Doch weder eine Reklametafel noch eine aushängende Speisekarte ließen erahnen, dass man hier einkehren und etwas für sein leibliches Wohl tun konnte.

Onno grinste. »Vertraust du deinem neuen Partner etwa nicht?« Er stieg vom Rad, ging auf die geschlossene Haustür zu, öffnete diese und hielt sie für seine Kollegin offen.

Skeptisch schaute Theda ihm in die Augen, als sie an ihm vorbei über die Türschwelle trat. Doch mit dem stürmischen Empfang, der sie kurz darauf erwartete, hatte sie nicht gerechnet. Instinktiv zog sie den Kopf ein und hielt sich gleichzeitig die Arme schützend vor das Gesicht, als ihr vollkommen unerwartet ein Graupapagei entgegengeflogen kam.

»Achtung, es wird Regen geben!«, krächzte der Vogel und zischte so knapp über die Köpfe der Neuankömmlinge hinweg, dass Theda glaubte, eine Berührung auf ihrem Fahrradhelm gespürt zu haben. »Ich trage einen Helm, damit ich nach einem Unfall nicht so aussehe wie du«, schrie der Federfreund ihr entgegen, nachdem er auf einer Gardinenstange Platz genommen hatte.

»Jack!«, schimpfte eine weibliche Stimme mit dem redefreudigen Graupapagei. »Entschuldige dich sofort bei der Dame!«

»Fickt dich das Leben, dann lehne dich zurück und genieße es!«

»JACK!«

Onno konnte sein Lachen kaum noch zurückhalten, während eine Frau in blauen Jeans und weißem Top auf Theda zuging. Ihre gewellten braunen Haare fielen über ihre Schultern und verdeckten so einen Teil ihres üppigen Dekolletés. Ihre stark geschminkten Augen strahlten mit ihren perfekt weißen Zähnen um die Wette. »Entschuldige bitte, Jack treibt sich viel rum und schnappt immer wieder irgendwelche Sprüche auf. Er meint es aber nicht böse.«

Verdattert nahm die Oberkommissarin den Helm vom Kopf und strich sich mit der Hand über die Haare.

»Warum stürzt eine Brücke ein, wenn eine Blondine darüber geht? Die Klügere gibt nach«, krächzte Jack, ohne auch nur die geringste Pause zwischen der Scherzfrage und der dazugehörigen Antwort einzulegen.

»Nun ist aber gut!« Die Besitzerin des vorlauten Vogels streckte auffordernd den linken Arm aus, und der Graupapagei hob, ohne zu zögern, ab und landete auf ihrem Handgelenk.

»Wo sind wir hier?«, wandte sich Theda sichtlich genervt an ihren neuen Partner. Die Einrichtung erinnerte sie an eine Mischung aus Kneipe, Restaurant und Wohnzimmer, aber da an der Außenfassade des Gebäudes keinerlei Reklame angebracht war, musste sie sich zumindest hinsichtlich ihrer ersten beiden Vermutungen täuschen.

»Diese bezaubernde junge Dame heißt Tomma Ricklefs«, stellte Onno sie vor. »Sie ist die Betreiberin von *De Stuuv*. Das ist Plattdeutsch und bedeutet: Das Wohnzimmer.«

»Und du musst die neue Polizistin sein, von der hier schon gemunkelt wurde. Willkommen auf Wangerooge!« Tomma reichte der Oberkommissarin die Hand. »Mit der jungen Dame hat unser Sheriff natürlich maßlos übertrieben. Ich bin schon sechsundfünfzig.«

»Sechsundfünfzig?«, wiederholte Theda fassungslos. Sie hatte die Frau mindestens zehn Jahre jünger geschätzt. »Sie verarschen mich doch!«

Sichtbar bemüht, ihren Stolz zu verbergen, bestätigte Tomma ihre Altersangabe. »*De Stuuv* ist ein Anlaufpunkt für Insulaner, die auch während der Urlaubssaison mal in Ruhe einen trinken oder gepflegt etwas essen möchten. Touristen werden zwar nicht rausgeworfen, verirren sich aber nur äußerst selten hierher.«

»Die Landratte füttert die Fische«, krächzte Jack wie auf Kommando. Diesen Spruch hatte er von einem Kapitän aufgeschnappt, als einer seiner Passagiere sich über der Reling hängend in die Nordsee übergeben musste.

Da auch Theda wusste, zu welchen Gelegenheiten man diesen Spruch verwendete, musste jetzt auch sie schmunzeln. »Und Jack ist hier der Chefkoch?«

Tomma lachte. »Jack serviert hier allenfalls Gerüchte und Halbwahrheiten. Für Küche und Bewirtung bin ich ganz allein zuständig. Also …« Sie wischte sich die Hände an ihrer Jeans ab. »Was kann ich euch Gutes tun?«

Onno schaute sich in dem ansonsten leeren Raum um. »Ist die Küche noch warm?«, fragte er zaghaft.

»Für die Hüter von Recht und Ordnung immer«, lachte Tomma. »Wie wäre es mit Labskaus?«

»Was ist das nochmal genau?« Theda kannte den Namen des typisch nordischen Gerichtes, hatte es aber noch nie gegessen.

»Das ist ein Kartoffelgericht mit Rindfleisch, Roter Beete, Rollmops, Gürkchen und Spiegelei«, klärte Tomma sie auf. »Ich weiß, klingt für einen Neuling nach einer wilden Mischung, aber schmeckt wirklich lecker. Nicht wahr, Herr Hauptkommissar?« Schwungvoll stieß sie ihre Hüfte gegen die von Onno und legte ihm anschließend die rechte Hand auf seine linke Schulter. »Außerdem macht es ohnehin schon gutaussehende Männer noch attraktiver.«

Onnos Gesicht lief rot an. »Ich glaube nicht, dass da bei mir noch was zu retten ist«, entgegnete er verlegen.

»Nun sei mal nicht so bescheiden«, säuselte Tomma, legte ihm einen Arm um den Hals und zog ihn an sich heran. »Nichts hat mehr Sexappeal als ein Mann in Uniform.«

Während Theda die Flirtattacke der Wirtin mit offen stehendem Mund verfolgte, erhob sich Jack von deren Arm, flatterte fluchend durch die Luft und landete nur wenige Sekunden darauf zwischen dem Kopf seines Frauchens und dem des Hauptkommissars. »Auseinander!«, krächzte er. »Auseinander! Auseinander!«

Tomma löste ihre Umarmung und machte einen Schritt zur Seite. Besänftigend sprach sie auf den aufgebrachten Vogel ein. »Ist doch schon gut. Du weißt doch, dass es außer dir kein anderes männliches Wesen in meinem Leben mehr geben wird.« Sie ging Richtung Küche. »Also, zweimal Labskaus?«, fragte sie und warf einen Blick über die unbesetzte Schulter.

»Zweimal Labskaus«, bestätigte Theda. Dann setzte sie sich mit ihrem Partner an einen der Tische. »Die hat ja ganz schön mit dir geflirtet«, grinste sie ihren Kollegen an.

»Ach Quatsch. Das war nur harmloses Rumgeschäkere. Das macht sie mit allen Gästen.« Onno winkte ab und wechselte schnell das Thema. »Was denkst du?«, fragte er sie schließlich, nachdem er ihr kurz zusammengefasst hatte, was Rena über das Verhältnis von Lisa und Sönke zu berichten wusste.

»Klingt eigentlich nach einer ›normalen‹ …«, sie deutete mit ihren Fingern Gänsefüßchen an, »… Beziehung für ein getrenntes Ehepaar. Aber dass sie ihren Ex plötzlich unbedingt auf der Insel wissen wollte, obwohl sie ihm ansonsten am liebsten aus dem Weg geht, kommt mir auch merkwürdig vor. Dass sie ihn nicht bei sich und den Kindern wohnen lassen wollte, zeigt ja eindeutig, dass es da zu keinem Gefühlsrevival zwischen den beiden gekommen ist. Trotzdem hat sie ihm geholfen, spontan eine Unterkunft auf der ansonsten vollkommen ausgebuchten Insel zu bekommen.« Sie machte ein nachdenkliches Gesicht. »Also, wenn du mich fragst, wollte sie sturmfreie Bude haben, um mit ihrem neuen Lover mal so richtig das Bett zum Quietschen zu bringen.«

»Das denke ich auch«, stimmte Onno ihr zu. Ihr zwischenzeitlicher Verdacht, Sönke könne etwas mit dem Mord an seiner Exfrau zu tun haben, schien ihm aufgrund der Bemühungen von Lisa nun doch zu weit hergeholt gewesen zu sein. Ohne ihre Unterstützung wäre er zur Tatzeit schließlich gar nicht auf der Insel gewesen. Und wenn er wirklich einen Mörder beauftragt hätte, wäre es für sein Alibi doch ohnehin viel besser gewesen, wenn er während der Ausführung einfach auf dem Festland geblieben wäre. »Wir müssen also unbedingt herausfinden, mit wem Lisa sich letzte Nacht treffen wollte.«

»Hatte sie eine beste Freundin?«, wollte die Oberkommissarin wissen. »Wenn sie wirklich einen neuen Typen am Start hatte, hat sie ihr bestimmt davon erzählt.«

Onno zuckte unwissend die Achseln. Er kannte Lisa kaum und konnte seiner Partnerin die Frage daher auch nicht beantworten. Aus eigener Erfahrung wusste er jedoch, dass die Insulaner neue Bewohner zwar herzlich aufnahmen, es aber sehr lange dauerte, bis man echte Freundschaften mit ihnen schließen konnte. Zumindest war ihm das bisher noch nicht gelungen, was aber auch daran liegen mochte, dass er sich selbst nicht sonderlich viel Mühe gab. Aktuell brauchte er nur Jantje und die Kinder. Für tiefgehende Freundschaften hatte er weder Zeit noch Lust. Ein oberflächlicher Plausch am Straßenrand reichte ihm in den meisten Fällen vollkommen aus. »Vielleicht wissen Lisas Kinder etwas. Samira ist elf und damit schon fast ein Teenager. Sie könnte mitbekommen haben, dass ihre Mama in letzter Zeit vielleicht Geheimnisse vor ihr hatte.«

»Möglich wäre es.« Bei der Vorstellung, mit den Töchtern der Ermordeten sprechen zu müssen, schnaufte Theda. »Wir sollten auf jeden Fall auch das Handy von Lisa checken lassen. Vielleicht hat sie sich mit ihren alten Freundinnen per WhatsApp oder E-Mail über ihren neuen Lover ausgetauscht.«

Tomma kam zurück in den Speiseraum. Auf jeder Hand balancierte sie jeweils einen Teller Labskaus. Jack saß noch immer auf ihrer Schulter. »Lasst es euch schmecken«, sagte sie und platzierte die Teller auf dem Tisch der Polizeibeamten.

»Den Fraß kann doch kein Mensch essen!«, krächzte der Graupapagei.

»Jetzt reicht's«, riss Tomma die Geduldsschnur. »Ich glaube, du musst mal dringend an die frische Luft.« Sie ging zur Tür, öffnete diese, machte einen Schritt hinaus und wischte den Graupapagei mit ihrem Handrücken von der Schulter. »Wenn du dich ausgetobt hast, kannst du wiederkommen!«, rief sie ihm noch hinterher, dann schloss sie die Tür wieder.

»Und der kommt wirklich wieder zurück?«, fragte Theda ungläubig.

»Jack kommt immer zu mir zurück«, lächelte Tomma. »Neben meinem Franz ist er das treueste männliche Lebewesen, das ich kenne.«

»Franz? Ist das dein Mann?«

Traurig senkte Tomma den Blick. »Das war er«, antwortete sie leise. »Er ist vor vier Jahren gestorben.«

»Das tut mir leid! Ich wusste nicht …«

»Woher solltest du auch.« Tomma machte eine wegwerfende Handbewegung und setzte ein Lächeln auf, als wenn überhaupt nichts passiert wäre. Doch der feuchte Schimmer in ihren Augen verriet eindeutig, dass sie die Gedanken an ihren verstorbenen Mann noch immer sehr bewegten. »Wahrscheinlich ist es unser Schicksal, was Jack und mich so sehr aneinander bindet. Denn nur sieben Monate nach Franz ist seine Gefährtin Rose gestorben.«

»Jack und Rose? So wie das Liebespaar aus dem Titanic-Film?«, fragte Theda.

»Ganz genau«, bestätigte Tomma. »Als Franz und ich die beiden gekauft haben, hatten die Mitarbeiter des Tierheims sie bereits nach den beiden Hauptcharakteren benannt, da sie sich auf den ersten Blick ineinander verliebt haben sollen.«

»Wie süß«, reagierte die Oberkommissarin verzückt.

»Und genauso, wie ich mir nicht mehr vorstellen kann, mein Leben mit einem anderen Mann zu teilen, so zeigt auch Jack sämtlichen Vogeldamen die kalte Schulter. Zweimal habe ich versucht, ihn mit einem anderen Vogel zu vergesellschaften, aber er hat durch sein Verhalten eindeutig gezeigt, dass er den Rest seines Lebens lieber allein mit mir verbringen möchte.«

»Was hat er denn getan?«, war jetzt auch Onno neugierig.

»Das willst du nicht wissen.« Grinsend drehte Tomma sich um und ging unter leichtem Kopfschütteln zurück in ihre Küche.

5. Kapitel

Rückblick: Fünf Monate zuvor

Lisa Neumann stand in der Küche und bereitete das Mittagessen vor. In einer halben Stunde würden ihre Töchter aus der Schule kommen, und sie hatte ihnen versprochen, Pizza zu machen. Sie war gerade dabei, die Tomatensauce auf dem ausgerollten Teig zu verteilen, als es an der Haustür klingelte. Hastig spülte sie sich den roten Saft von ihren Fingern, trocknete sich die Hände ab und ging zur Tür.

»Moin Deeke«, begrüßte sie den großgewachsenen Postboten. Da sie noch keine wirklichen Freundschaften auf der Insel geschlossen hatte, mochte sie den kurzen Schnack, bei dem der kommunikative Briefträger meist irgendwelche Neuigkeiten zu berichten hatte.

»Moin, junge Frau.« Er lächelte, reichte ihr ein großes Paket und schaute sie direkt an. Dabei versprühten seine blauen Augen einen jugendhaften Charme.

»Junge Frau«, wiederholte Lisa lachend. »Das war einmal!«

Deeke tat empört. »So ein Quatsch!« Aus einem früheren Gespräch wusste er, dass sie beide im gleichen Jahr geboren worden waren. Er beugte sich leicht vor und zwinkerte ihr zu. »Schau dich auf der Insel doch mal um, wir sind blutjung.«

Seine lockere Art brachte Lisa zum Schmunzeln. Gleichzeitig wurde ihr bewusst, wie unterschiedlich das Leben eines neunundzwanzigjährigen Menschen aussehen konnte. Während sie bereits zwei Kinder hatte und von deren Vater getrennt lebte, war der gleichaltrige Deeke vollkommen ungebunden und genoss sein Leben, als wäre er gerade erst dem Teenageralter entwachsen. »Wie war dein Wochenende?«

»Mega! Ich bin mit ein paar Kumpels in Oldenburg durch die Clubs gezogen. Hat viel Spaß gemacht, aber ich habe dadurch echt zu wenig geschlafen.« Um das Gesagte zu untermauern, gähnte er symbolträchtig und reckte sich.

Ein müdes Lächeln huschte über Lisas Gesicht. Auch sie hatte am Wochenende viel zu wenig geschlafen, was aber vielmehr an ihrer Schicht im Laden und der Magen-Darm-Erkrankung lag, die ihre Tochter Mia heimgesucht hatte.

»Weißt du schon das Neueste?«, durchbrach Deeke ihre trüben Gedanken.

Lisa schüttelte den Kopf, zeigte dem kommunikativen Postboten aber mit ihrem neugierigen Augenaufschlag mehr als deutlich, dass sie es unbedingt erfahren wollte.

Deeke schaute sich um, als wolle er sichergehen, dass niemand mithören konnte. »Du rätst nie, wer mir in Oldenburg zufällig über den Weg gelaufen ist.«

»Nun erzähl schon!«

»In einem …«, Deeke machte eine kurze Pause, »… der Clubs habe ich Hendrik Kluck gesehen. Und nur so viel, er war nicht alleine unterwegs.« Er zwinkerte Lisa vielsagend zu.

»Der hat ein Leben.« Neidisch dachte Lisa an den gebürtigen Insulaner, der den Gerüchten zufolge an der Börse so viel Geld verdient hatte, dass er seither als Privatier und Gelegenheitsinvestor sein Leben genoss. Er war nur sieben Jahre älter als sie, sah verdammt gut aus, und sie hätte lügen müssen, um zu behaupten, dass sie noch nie darüber nachgedacht hätte, irgendwann einmal ihr Glück bei ihm zu versuchen. Doch nach der Trennung von Sönke war ihr Interesse an einer Partnerschaft noch nicht wieder zurückgekehrt. Daran konnte selbst ein Multimillionär nichts ändern.

Deeke schaute auf seine Smartwatch. »Ich muss leider weiter. Mach's gut!«

»Du auch!«, rief Lisa ihm hinterher. Doch als sie gerade die Tür schließen wollte, blockierte der Briefträger diese mit seinem Fuß.

»Ich habe noch was für dich!« Durch den Spalt reckte er ihr eine Postkarte entgegen.

Kaum hatte Lisa diese entgegengenommen, war Deeke auch schon verschwunden. Als sie sich die bedruckte Seite anschaute, auf der der blaue Elefant aus der *Sendung mit der Maus* einen Herzluftballon im Rüssel hielt, musste sie an die Karte mit den Ottifanten denken, die ihr ein namenloser Absender zugeschickt hatte.

Wie lange ist das her?, fragte sie sich, ging ins Schlafzimmer und holte einen roten Schuhkarton vom Kleiderschrank. Warum sie die Karte gerade dort drinnen aufbewahrte, wusste sie selber nicht, aber ihr war schnell klar geworden, dass sie die liebevolle Nachricht nicht einfach im Müll entsorgen durfte. Jedenfalls nicht, bis sie wusste, wer sie ihr geschickt hatte.

Die Karte trug zwar keinen Namen, dafür hatte der Verfasser aber das Datum darauf geschrieben. *Das war genau vor einem Monat*, stellte Lisa überrascht fest. Sie fragte sich, ob das ein Zufall war oder ob sie zukünftig einmal pro Monat mit einer Postkarte rechnen durfte.

Sie drehte die Karte um. Die Schrift auf der Rückseite sah genauso aus wie bei der vorherigen. Auch dieses Mal fehlte der Absender.

Eines Tages finde ich den Mut,
und dann wird alles wieder gut.

Lisa las die wenigen Worte mehrfach, und auch den Reim auf der ersten Postkarte sah sie sich noch einige Male an. Der Inhalt beider Sprüche war durchaus positiv zu verstehen, war gleichzeitig aber auch so simpel gedichtet worden, dass er von einem Kind hätte stammen können. Und dann war da noch diese schwungvolle Schrift, die aussah, als habe der Verfasser die Buchstaben gemalt. Oder war er eventuell doch eine Sie?

»Mama!«, hallte es plötzlich lautstark durch die Wohnung. »Ich habe so einen Hunger! Was gibt es zu essen?«

Samira! Erschrocken sprang Lisa vom Bett auf. Wie lange hatte sie nur hier im Schlafzimmer gesessen? Sie musste vollkommen die Zeit vergessen haben. »Ich komme gleich!«, schrie sie zurück, stopfte schnell die Karten in den Schuhkarton und versteckte diesen wieder auf dem Schrank.

»Es gibt Pizza ohne Käse?« Samiras Stimme klang angeekelt. »Und warum ist die nicht warm?«

Lisa riss die Schlafzimmertür auf. »Weil ich noch nicht dazu gekommen bin, sie fertig zu belegen«, meckerte sie zurück, obwohl sie wusste, dass es dieses Mal nicht an der vielen Arbeit lag, dass sie nicht rechtzeitig fertig geworden war. Aber sie konnte ihrer Elfjährigen ja wohl kaum sagen, dass sie sich im Schlafzimmer verkrochen hatte, um die Botschaften eines potentiellen Verehrers zu lesen.

*****Samstag*****

Nachdem sie sich mit leckerem Labskaus gestärkt hatten, fuhren Onno und Theda erneut zu der Ferienwohnung, in der Sönke Neumann zurzeit mit seinen Töchtern lebte. Sie klopften an die Tür. Erst zaghaft, dann energischer. Es dauerte einen Moment, bis Lisas Exmann ihnen öffnete. Seine Augen waren gerötet, sein Gesicht kreideweiß. Scheinbar mit letzter Kraft stützte er sich auf seine

Krücken. Er schien in den vergangenen Stunden viel geweint zu haben.

»Wir sind es wieder«, sagte der Hauptkommissar verlegen. Ihm war nicht wohl dabei, die kleine Familie in ihren wohl schlimmsten Stunden erneut zu stören. Aber eines wusste er ganz genau: Die besten Chancen, einen Mörder zu überführen, hatte man in den ersten achtundvierzig Stunden nach der Tat. Danach sanken die statistischen Erfolgschancen rapide ab. »Wir müssen Ihnen und Ihren Töchtern jetzt doch noch ein paar Fragen stellen.«

»Mich können Sie alles fragen, aber ist es denn wirklich notwendig, dass Sie auch mit meinen Mädchen sprechen? Die beiden sind fix und fertig, wie Sie sich sicher vorstellen können.«

»Wir können nur erahnen, wie furchtbar das für die beiden sein muss«, reagierte Theda verständnisvoll. »Aber wir brauchen Informationen, um den Mörder ihrer Mutter fassen zu können. Und wenn ich Sie richtig verstanden habe, war der Kontakt zwischen Ihnen und Ihrer Exfrau in den vergangenen Monaten nicht mehr besonders eng. Sie wissen also wahrscheinlich nicht, mit wem sie ihre Ängste, Sorgen und intimen Geheimnisse geteilt hat, oder?«

Niedergeschlagen ließ Sönke Neumann den Kopf auf die Brust sinken. »Nein, das weiß ich leider wirklich nicht«, gab er schließlich zu. »Wäre ich nur ein besserer Vater und Ehemann gewesen, dann wäre es nie zu dieser Tragödie gekommen.«

»Nun machen Sie sich mal keine Vorwürfe. Jeder von uns macht Fehler und fast jede zweite Ehe wird geschieden. So ist das nun mal. Trotzdem trifft Sie doch keine Schuld am Tod Ihrer Exfrau.«

Statt einer Antwort reagierte Sönke Neumann nur mit einem leichten Kopfschütteln. Erst nach einigen Sekunden hob sich sein Kinn wieder und er schaute die beiden Kriminalbeamten verzweifelt an. »Entschuldigen Sie bitte. Aber die Nachricht von Lisas Tod hat meine Kinder so sehr mitgenommen, dass auch ich nicht mehr klar denken kann.«

»Das ist doch vollkommen verständlich«, reagierte Oberkommissarin Saathoff verständnisvoll. »Leider können wir den Mord nicht ungeschehen machen, aber wir können alles daransetzen, das Schwein zu finden, das das getan hat.« Mit jedem weiteren Wort hatte ihre Stimme entschlossener geklungen.

Sönke Neumann biss sich nachdenklich auf die Unterlippe. »Okay«, seufzte er und hüpfte an seinen Krücken einen Schritt zurück, sodass die Beamten eintreten konnten.

Auf dem Weg in die Küche fragte Hauptkommissar Renken ihn, ob er einen Schlüssel für die Wohnung seiner Exfrau besitzen würde. Sönke Neumann verneinte, doch im selben Moment betrat auch Samira den Flur. In ihren verheulten Augen spiegelte sich eine Mischung aus unendlicher Traurigkeit und endloser Wut. »Ich habe einen Schlüssel«, sagte sie.

»Samira«, reagierte Sönke Neumann besorgt. »Hast du etwa gelauscht?«

»Ich bin kein Kind mehr, Papa.« Die Worte klangen nicht wie die einer Elfjährigen. »Die Polizei will Mamas Mörder finden, und wenn ich dabei helfen kann, dann muss ich das tun.«

»Aber …«, wollte er protestieren, doch Samira ließ ihn nicht zu Wort kommen.

»Nichts aber. Keiner hatte in den vergangenen Monaten so viel Kontakt mit Mama wie ich.« Ohne ihrem Vater die Chance eines weiteren Widerspruchs zu lassen, ging sie in die Küche voraus und setzte sich an den Tisch.

»Was ist mit Mia?«, erkundigte Sönke Neumann sich nach seiner jüngeren Tochter.

»Sie ist vor Erschöpfung eingeschlafen.«

Die Inselkommissare setzten sich zu der Elfjährigen an den Tisch und sprachen dem Mädchen ihr Mitgefühl aus. Beide waren beeindruckt von ihrer Willensstärke, wussten aber gleichzeitig nicht so recht, wie sie mit der Befragung beginnen sollten.

»Du hast gerade gesagt, dass keiner so viel Kontakt zu deiner Mama hatte wie du. Kannst du uns etwas genauer erzählen, wie du das gemeint hast?«, wagte Theda einen behutsamen Einstieg in die Befragung.

»Als ich geboren wurde, war Mama gerade achtzehn Jahre jung. Und egal, was meine Eltern mir auch erzählt haben, mir ist schon lange klar, dass ich kein Wunschkind war.«

»Aber Süße, natürlich warst du das«, warf ihr Vater ein, lehnte eine seiner Krücken an ihre Stuhllehne und legte ihr eine Hand auf die Schulter.

Samira legte ihre Hand auf seine, drehte den Kopf über die Schulter und schaute ihm direkt in die Augen. »Ist schon gut«, sagte sie. »Nur weil ich nicht geplant gewesen bin, hatte ich dennoch nie das Gefühl, dass ihr mich nicht geliebt hättet.«

Als Vater konnte Onno nachempfinden, wie Sönke sich fühlen musste, auch wenn Emma und Finn absolute Wunschkinder gewesen waren. Aber auch Samira konnte er gut verstehen, da seine Eltern ihm im Erwachsenenalter gestanden hatten, dass auch er das Resultat eines ›Unfalls‹ gewesen war. »Deine Mutter wurde in den frühen Morgenstunden am Ostufer der Insel gefunden. Wir vermuten, dass sie bereits in der Nacht …«, er wollte ›ermordet worden ist‹ sagen, korrigierte sich aber im letzten Moment und sagte stattdessen, »… dorthin aufgebrochen ist.« Er suchte den Blickkontakt des tapferen Mädchens. »Hast du eine Ahnung, was sie dort draußen zu dieser Zeit gemacht haben könnte?«

Samira schüttelte den Kopf. »Sie ist abends eigentlich nie rausgegangen. Vor allem dann nicht, wenn Mia schon schläft. Meine kleine Schwester hat manchmal nachts Albträume. Wenn sie dann hochschreckt, kann eigentlich nur Mama sie trösten.« Sie schaute ihren Vater erschrocken an, als habe sie jetzt erst bemerkt, dass er auch zuhörte. »Papa ist ja meistens nicht da, wenn wir schlafen. Er kriegt sie natürlich auch beruhigt, braucht aber deutlich länger als Mama.« Plötzlich blitzte etwas in ihren Augen auf. »Mama hat heute Geburtstag. Vielleicht war sie deshalb am Strand.«

Die Inselpolizisten tauschten einen überraschten Blick. Diese Information stärkte ihren Verdacht, dass Lisa Neumann und ihr Mörder sich gekannt und am Strand verabredet hatten. Für einen Fremden würde man bestimmt nicht mitten in der Nacht aufbrechen, um sein Wiegenfest zu feiern, waren sie sich sicher.

»Weißt du, ob deine Mama eine gute Freundin oder einen guten Freund hat, dem sie erzählt haben könnte, mit wem sie an diesem entlegenen Teil von Wangerooge in ihren Geburtstag reinfeiern wollte?«, fragte Theda.

»Soweit ich weiß, hatte Mama neben der ganzen Arbeit keine Zeit für echte Freunde.« Es war der Elfjährigen anzusehen, dass es ihr irgendwie unangenehm war, dies über ihre Mutter zu sagen.

»Wie meine Tochter schon sagte, haben meine … haben Lisa und ich sehr früh unser erstes Kind bekommen«, ergriff Sönke Neumann das Wort. »Wie Sie sich sicher vorstellen können, hat das nicht nur unsere ursprünglichen Zukunftspläne ganz schön durcheinandergewirbelt.«

Die Oberkommissarin nickte verständig. Sie konnte sich noch gut an den Freund erinnern, mit dem sie auch ihr erstes Mal gehabt hatte. Sie war damals sechzehn und insgesamt waren die beiden ganze zwei Jahre zusammen gewesen. Während ihrer Beziehung war ihnen beim Liebesspiel auch einmal das Kondom gerissen. Unglücklicherweise genau zu der Zeit, in der sie ihre Pille nicht gerade regelmäßig eingenommen hatte. In den bangen Tagen, in denen sie auf ihre erlösende Regelblutung gewartet hatte, hatte sie sich mehr als einmal ausgemalt, wie ihr Leben als so junge Mutter aussehen würde und was für Entbehrungen sie dafür in Kauf nehmen müsste.

»Lisa und ich haben damals folgenden Deal beschlossen«, setzte Sönke Neumann seine Erzählung fort. »Ich habe sie geheiratet und versprochen, für unseren finanziellen Unterhalt zu sorgen. Durch den frühen Tod meiner Mutter hatte ich bereits mit achtzehn Zugriff auf ein gewisses Geldvermögen. Außerdem hat uns auch mein Vater etwas Geld zukommen lassen.« Er entschuldigte sich kurz. Das lange Stehen war ihm zu anstrengend geworden. Er humpelte daher zu dem letzten freien Stuhl, setzte sich und legte seine Krücken auf dem Fußboden ab. »Im Gegenzug war Lisa damit einverstanden, mit mir nach Köln zu ziehen, damit zumindest ich meinen Traum von einem Sportmanagement-Studium an der dortigen Deutschen Sporthochschule verwirklichen konnte. Durch den Umzug sind natürlich auch viele alte Freundschaften auf der Strecke geblieben.«

Hauptkommissar Renken stutzte. »Hatten Sie uns nicht erzählt, Ihnen wäre auf der Baustelle ein Stahlrohr auf den Fuß gefallen?«

»Das stimmt ja auch. Ich habe bereits nach wenigen Semestern gemerkt, dass das Sportmanagement-Studium doch nichts für mich ist. Da uns gleichzeitig die Ersparnisse langsam, aber sicher ausgingen, habe ich mich dann für eine Ausbildung zum Rohrleitungsbauer entschieden.«

»Was mein Papa damit sagen will, ist, dass Mama wegen ihm zunächst von Leer nach Köln und dann nach Essen umziehen musste. Wegen Mia und mir konnte sie alte Freundschaften nicht pflegen und neue nicht wirklich aufbauen. Es gibt also niemanden, mit dem sie wirklich eng befreundet war«, brachte Samira das Gesagte auf den Punkt.

»Was ist mit deinen Großeltern?«, fragte Theda. »Genauer gefragt, hatte deine Mama einen guten Kontakt zu ihren Eltern?«

Samira presste die Lippen aufeinander und schüttelte traurig den Kopf. »Oma und Opa sind …« Sie stockte, um nach den passenden Worten zu suchen.

»Meine ehemaligen Schwiegereltern sind sehr speziell«, kam ihr Vater ihr zu Hilfe. »Lisa konnte den beiden noch nie wirklich etwas anvertrauen.«

Onno schaute seine neue Partnerin fragend an. »Dann müssen wir wohl hoffen, dass wir auf dem Handy oder dem PC der Toten fündig werden. Irgendwie muss sie sich ja mit ihrem Mörder verabredet haben.«

Theda nickte zustimmend, wandte sich aber dennoch noch einmal Samira zu. »Ist dir in letzter Zeit irgendetwas an deiner Mama aufgefallen? War sie vielleicht besonders glücklich, hat sie manchmal heimlich telefoniert oder ständig gegrinst, wenn sie am Handy war?«

Unsicher schaute Samira ihren Vater an, der ihr durch ein ermunterndes Nicken signalisierte, ruhig zu sagen, was ihr im Kopf herumging. »Irgendwie war sie in letzter Zeit öfter besonders glücklich, wenn der Postbote da war.«

»Der Postbote?«, wiederholte Onno. »Du meinst den großgewachsenen Mann, der schon seit Jahren auf Wangerooge die Briefe verteilt?«

»Ich kenne gar keinen anderen«, sagte Samira.

Sönke Neumann, aber auch Theda schauten den Hauptkommissar irritiert an. Sie spürten, dass diese Neuigkeit etwas in ihm ausgelöst hatte, konnten aber noch nicht so recht greifen, was das war.

Als Onno ihre fragenden Gesichtsausdrücke bemerkte und ihm bewusst wurde, dass beide Deeke nicht kannten, klärte er sie auf. »Der Postzusteller von Wangerooge ist ungefähr in Lisas Alter. Vielleicht hat sie sich mit ihm zu einem romantischen Stranddate unterm Sternenhimmel verabredet. Er könnte ihren bevorstehenden Geburtstag als Vorwand für eine romantische Einladung genutzt haben.«

»Dann sollten wir ihm schnellstens einen Besuch abstatten«, schlug Theda vor.

»Nicht so hastig«, bremste Onno sie aus und warf einen Blick auf seine Uhr. »Deeke Oltmanns wohnt nicht auf Wangerooge und kommt daher immer morgens samt der Tagespost auf die Insel. Sobald er seine Arbeit getan hat, fährt er dann mit der Fähre zurück aufs Festland. In Anbetracht der Uhrzeit dürfte er für uns also nicht mehr persönlich zu sprechen sein.«

»Dann müssen wir die Kollegen vom Festland informieren.« Theda griff sofort zu ihrem Handy. Sie wusste genau, welchen ihrer alten Kollegen sie anrufen musste. »Bin gleich wieder da«, sagte sie und verließ die Küche.

Vom Einsatzeifer seiner neuen Partnerin irritiert, musste Onno sich zunächst sammeln, ehe er die Befragung fortsetzen konnte. »Würdest du mir den Schlüssel zu eurer Wohnung geben, damit wir uns dort ein wenig umschauen können? Vielleicht finden wir einen Hinweis, der uns Aufschluss darüber gibt, warum deiner Mama etwas so Schreckliches passiert ist«, wandte er sich an Samira.

Wieder schaute Lisas älteste Tochter ihren Vater an. Als der erneut seine Zustimmung signalisiert hatte, übergab sie dem Hauptkommissar den Schlüssel.

***

Kurz bevor die beiden Inselpolizisten erneut zur Wohnung der Toten aufbrechen wollten, erhielten sie einen Anruf von Hauptkommissarin Evers. Oberkommissar Schepker und sie hatten alle Spuren am Tatort gesichert und wollten sich jetzt ebenfalls in der Wohnung des Opfers umschauen. Da die beiden Spurensicherer noch nichts zu Mittag gegessen hatten, verabredeten sie sich zu einem Vorgespräch im *Café Pudding*.

Die beiden Inselkommissare fuhren mit ihren Rädern die Elisabeth-Anna-Straße entlang und bogen schließlich in die Zedeliusstraße ein. Am Ende dieser thronte auf einer rundlichen Erhöhung das *Café Pudding*, ein kreisförmiges, fast vollständig verglastes Gebäude.

»Das sieht so toll aus«, staunte Theda, die das ungewöhnliche Gebäude erst zum zweiten Mal im Original sah.

Die beiden stellten ihre Räder ab und erklommen die steilen Steinstufen, die auf die Erhebung hinaufführten. Sie hatten großes Glück, dass sich gerade in diesem Moment ein Ehepaar mit seinen Kindern zum Gehen erhob. So konnten sie einen der begehrten Tische ergattern, von denen aus man direkt auf den vorgelagerten Strand und die dahinterliegende Nordsee schauen konnte.

Während Theda den noch ungewohnten Ausblick genoss, an dem sie sich hoffentlich niemals sattsehen würde, blätterte Onno durch die Karte. Doch anstatt bei den köstlichen Kuchen und Torten zu stöbern, fiel ihm eine Seite ins Auge, die ihm bei seinen früheren Besuchen noch nie aufgefallen war. Auf dieser hatten die Betreiber nämlich einige interessante Details zu der Historie des Gebäudes und seines Namens zusammengefasst. »Wusstest du, warum das hier *Café Pudding* heißt?«, fragte er seine neue Partnerin, nachdem er den Bericht zu Ende gelesen hatte.

Theda löste sich von der wunderschönen Aussicht und wandte sich wieder ihrem Kollegen zu. »Auf jeden Fall nicht, weil es hier nur Pudding zu essen gibt«, scherzte sie. Um ihm aber zu beweisen, dass sie sich in ihrem neuen Revier bereits gut auskannte, gab sie dann doch noch ihr Wissen zum Besten. »Soweit ich weiß, hat das irgendetwas mit dem Ausdruck ›um den Pudding gehen‹ zu tun.«

»Das trifft es ziemlich genau«, sagte Onno. »Wenn man auf Wangerooge früher nochmal kurz frische Luft schnappen wollte, dann ist man oft die Zedeliusstraße entlangmarschiert, hat eine Runde um die puddingförmige Düne gedreht, auf der wir uns gerade befinden, dabei einen kurzen Blick aufs Meer geworfen und ist dann wieder nach Hause zurückgekehrt. Im Zweiten Weltkrieg wurde hier dann ein Bunker gebaut. Nach Kriegsende wurden alle Bunker der Insel, die nicht gesprengt werden konnten, als Lagerräume verpachtet. Nur diesen hier wollte zunächst niemand haben.«

Theda, die sich beim Zuhören erneut der Nordsee zugewandt hatte, schüttelte ungläubig den Kopf. Sie hätte das Objekt allein schon wegen seiner fabelhaften Aussicht genommen.

»1948 wurde der Bunker zunächst in einen Kiosk umgewandelt, dann schließlich umgebaut und nur ein Jahr später als Café wiedereröffnet. Und nach zahlreichen weiteren Umbauten und Modernisierungen ist daraus dieses Schmuckstück geworden.« Anerkennend schaute Onno sich in dem Objekt um. »Ich sag es ja immer: Visionen muss man haben.«

»Da sind Sie ja«, ertönte plötzlich die ungewöhnlich tiefe Stimme von Maike Evers. »Und wir haben die ganze Zeit vor dem Eingang auf Sie gewartet.«

Onno stand auf, um sich für das Missverständnis zu entschuldigen. Doch noch ehe er etwas sagen konnte, hatte die vom Solarium gebräunte Hauptkommissarin sich gesetzt. Ihr deutlich jüngerer Kollege indes zögerte kurz, nahm dann aber auch direkt neben seiner Partnerin Platz.

Nachdem sie sich alle auf eine Kanne Ostfriesentee geeinigt und ein dazu passendes Stück Torte ausgesucht hatten, präsentierten die Spurensicherer den Inselpolizisten ihre vorläufigen Erkenntnisse.

Weil Hauptkommissarin Evers ihn darum gebeten hatte, brachte Oberkommissar Schepker die beiden Inselcops auf den laufenden Stand. »Von der Szenerie her gehen wir davon aus, dass sich Opfer und Täter verabredet haben. Neben der Picknickdecke und dem Ethanol-Kamin haben wir auch noch eine volle Sektflasche, zwei unbenutzte Gläser sowie eine Obstschale mit Erdbeeren und Weintrauben gefunden. Die Früchte sahen ebenfalls so aus, als wären sie nicht angerührt worden. Wir vermuten daher, dass es …«

Schmatzend fiel Hauptkommissarin Evers ihrem Schützling ins Wort. »Genaugenommen sind Erdbeeren keine Früchte.«

Die oberlehrerhafte Art, mit der die erfahrene Kriminalbeamtin den jüngeren Kollegen korrigierte, gefiel Theda gar nicht. Ohnehin war sie der Meinung, dass Kompetenz keine Sache von Lebens- oder Berufsjahren war. Im Vergleich mit vielen älteren Kollegen schätzte sie ihre Fähigkeiten und ihr Fachwissen auf jeden Fall deutlich höher ein. Irgendwo hatte auch sie mal gehört, dass Erdbeeren eher zur Familie der Nüsse zählten, fand aber, dass dieses Detailwissen in diesem Zusammenhang kein Grund war, um den Bericht des jüngeren Beamten zu unterbrechen. »Es sind Nüsse, aber das spielt doch für unseren Fall keine Rolle«, sprang sie ihrem etwa gleichaltrigen Kollegen daher zur Seite.

Maike Evers' Gesichtszüge verhärteten sich. Mit eisigem Blick fixierte sie die Augen der Oberkommissarin, während sie einen Bissen Torte hinunterschluckte. »Bei unserer Arbeit kommt es oft auf jedes Detail an. Und da ich diesen Job schon deutlich länger mache als alle anderen hier am Tisch …«, sie sprach zwar alle an, bedachte aber nur ihren Partner und Theda mit einem strafenden Blick, »… überlassen Sie doch bitte mir die Bewertung darüber, was wichtig ist und was nicht.« Kaum hatte sie dies gesagt, entspannten sich ihre Gesichtszüge wieder und ein weiteres Stück Torte verschwand in ihrem Mund.

Theda war sprachlos und das geschah ihr wahrlich nicht oft. *Die ist ja ein echter Sonnenschein*, dachte sie ironisch und erinnerte sich gleichzeitig an die kleineren Kompetenzgerangel, die sie mit Onno bereits gehabt hatte. *Dagegen ist mein Partner ja ein Waisenknabe.*

»Abgesehen davon sind Erdbeeren keine Nüsse, sondern Sammelnussfrüchte.« Eine tiefe Zufriedenheit machte sich auf dem Gesicht der Hauptkommissarin breit, und weder Onno noch Theda war in diesem Moment klar, ob dies lediglich von dem Tortengenuss oder der Genugtuung, recht zu haben, herrührte.

»Ihr glaubt also, dass ein romantisches Date aus dem Ruder gelaufen ist?«, versuchte Onno das Gespräch wieder auf das Wesentliche zu lenken.

»Ja, aber …«, ergriff Oberkommissar Schepker das Wort, suchte zunächst aber den Blickkontakt mit seiner Vorgesetzten, um sicherzugehen, dass er fortfahren durfte. »Uns irritiert, dass es offensichtlich zu keinerlei romantischen Handlungen gekommen ist. Die beiden haben ja nicht einmal miteinander angestoßen. Es scheint vielmehr so gewesen zu sein, dass unser Opfer sofort die Flucht ergriffen hat, als sie ihren Mörder erblickte.«

»Aber warum sollte sie das getan haben?«, stellte Theda ihre Frage in den Raum. Sie hatte in ihrem Leben schon einige erste Dates gehabt und ihr fiel kein Grund ein, bereits beim Erscheinen des Partners sofort die Flucht zu ergreifen.

»Vielleicht ist ihr Verehrer bereits mit dem Messer in der Hand am vereinbarten Treffpunkt aufgetaucht«, gab Onno zu bedenken. »Er könnte den abgelegenen Treffpunkt sowie die nachtschlafende Zeit ausgewählt haben, weil es ihm von vornherein nur darum ging, sein Opfer zu töten.«

Ein Schauder durchzog Thedas ganzen Körper. Die Vorstellung, wie Lisa Neumann sich in dem Moment gefühlt haben musste, als ihr bewusst wurde, dass nicht das erwartete Geburtstagspicknick unterm Sternenhimmel, sondern ein grausamer Tod auf sie wartete, ließ ihr das Blut in den Adern gefrieren.

»Unser Opfer muss ungefähr zweihundert Meter vor ihrem Angreifer geflohen sein, ehe sie in der Dunkelheit gegen einen massiven Holzpflock gestoßen ist. Auf jeden Fall haben wir Blut an dem sperrigen Strandgut sowie eine entsprechende Verletzung am Fuß der Toten gefunden«, setzte Oberkommissar Schepker seinen Bericht fort. »Wahrscheinlich ist sie dabei gestürzt, wodurch ihr Angreifer sie schließlich einholen und ihr einen Messerstich in den oberen Rücken versetzen konnte. Anschließend scheint er sie gewürgt und dann mit etlichen Messerstichen in den Brustkorb traktiert zu haben.« Er presste die Lippen zusammen, atmete hörbar durch die Nasenlöcher ein und warf seiner Partnerin einen fragenden Blick zu.

»Das ist der bisherige Stand unserer Erkenntnisse«, bestätigte Hauptkommissarin Evers. »Ob letztendlich das Würgen oder die Stichverletzungen ursächlich für den Tod von Frau Neumann waren, muss eine Obduktion klären. Wir werden den Leichnam daher mit aufs Festland nehmen, um ihn in der Rechtsmedizin in Oldenburg untersuchen zu lassen.«

6. Kapitel

Samstag

Gemeinsam mit den Kollegen der Spurensicherung fuhren Onno und Theda erneut zu der Wohnung von Lisa Neumann. Mit dem Schlüssel, den sie von Samira erhalten hatten, öffneten sie die Tür und traten vorsichtig ein. Auf den ersten Blick machte alles einen sauberen und aufgeräumten Eindruck. Aufgrund des mutmaßlichen Tathergangs hatten die Polizisten aber ohnehin nicht erwartet, hier irgendwelche Kampfspuren zu finden. Sie wollten hauptsächlich den PC der Toten konfiszieren und nach weiteren Hinweisen auf die Identität von Lisas vermeintlichem Verehrer suchen. Da Hauptkommissarin Evers und Oberkommissar Schepker am Tatort kein Handy gefunden hatten, gingen sie davon aus, dass der Täter es zwischenzeitlich vernichtet oder an Ort und Stelle einfach nur in der Nordsee entsorgt hatte. Die Daten des Mobilfunkgerätes würden sie sich daher über den Provider besorgen müssen.

Der Laptop war schnell gefunden und eingepackt, weitere Spuren, die auf eine aktuelle Schwärmerei der Toten hindeuteten, waren hingegen nicht auszumachen, weshalb Evers und Schepker sich samt ihrer Kollegen und der Leiche von Lisa Neumann nach gerade einmal dreißig Minuten auf den Weg zum Flughafen machten.

Onno und Theda hingegen klopften an die Türen der unmittelbaren Nachbarschaft. Sie hofften, dass irgendwem etwas aufgefallen sein könnte. Da Lisa Neumann aber in einer Straße gelebt hatte, in der nur Ferienwohnungen lagen, zählten ausschließlich Touristen zu den potentiellen Augenzeugen, und die waren aufgrund der Tageszeit und des guten Wetters größtenteils auf der Insel unterwegs. Lediglich einer jungen Frau, die ihren Urlaub gemeinsam mit ihrem Freund auf Wangerooge verbrachte, war aufgefallen, dass Lisa am Freitagvormittag beim Friseur gewesen sein musste.

»Wir sollten unbedingt mit der Friseurin reden«, sagte Theda. »Sie könnte etwas über Lisas geheimnisvollen Verehrer wissen.« Sie musste an Mandy, ihre bisherige Hairstylistin aus Wilhelmshaven, denken. Die beiden waren zwar nicht miteinander befreundet gewesen, hatten bei den regelmäßigen Sitzungen aber fast immer über die aktuellen Männer gesprochen, für die Theda sich aufhübschen ließ.

Onno dachte nach. Soweit er wusste, gab es zwei Friseursalons auf Wangerooge. *Der Inselfriseur* hatte sein Geschäft am östlichen Ende der Friedrich-August-Straße, während sich ein weiterer Salon neben der Tourist-Information in der Zedeliusstraße befand. Außerdem gab es noch Elske Coordes, die mit ihrem mobilen E-Bike-Salon nicht nur Insulaner, sondern auch Touristen besuchte. »Wir teilen uns auf«, schlug er vor. Da er nicht wusste, wo genau er Elske aktuell antreffen konnte, schickte er Theda zunächst in die Zedeliusstraße, während er sich den *Inselfriseur* vornahm.

Sollte einer von ihnen Erfolg haben, sollte er den jeweils anderen sofort per Handy kontaktieren. Doch da Lisa Neumann am gestrigen Tag in keinem der beiden Läden gewesen war, trafen sich die beiden Inselpolizisten bereits wenige Minuten später im Rosengarten wieder. Die kleine Parkanlage, die sich direkt in der Mitte der beiden Friseursalons befand, hatte neben einer großen Wiese, wunderschönen Rosenbeeten, einem Boule-Platz und einem Musikpavillon auch jede Menge Sitzgelegenheiten zu bieten. Doch während Hauptkommissar Renken nachdenklich auf einer der Bänke Platz nahm, blieb Oberkommissarin Saathoff lieber stehen.

»Diese mobile Friseur-Tante muss ihr die Haare gemacht haben«, schlussfolgerte Theda und blickte sich suchend in Wangerooges grüner Oase um, so als ob die Gesuchte rein zufällig an ihnen vorbeifahren könnte. »Weißt du, wo sie wohnt? Vielleicht ist sie ja gerade zu Hause.«

Onno schüttelte den Kopf. Er kannte die genaue Adresse der mobilen Friseurin nicht und ging obendrein davon aus, dass sie unterwegs war. So wie er die quirlige Frau bisher kennengelernt hatte, konnte sie nicht gut alleine sein und brauchte immer jemanden, mit dem sie über Gott und die Welt quatschen konnte. Da ihr Mann Wilko aber Marinesoldat war und berufsbedingt oft mehrere Wochen am Stück auf See verbrachte, war es ihr in den eigenen vier Wänden eigentlich immer zu ruhig.

Plötzlich hörten sie eine schrille Stimme die idyllische Stille des Rosengartens durchbrechen. »Der war früher auch mal dick! Trotzdem möchte ich nicht mit ihm tauschen!«

Onno erkannte die Stimme sofort. »Das ist sie«, sagte er, sprang auf und eilte zum südöstlichen Ausgang der Parkanlage.

Theda schaute ihm zunächst verdutzt hinterher, dann folgte sie ihm. »Und unsere Räder?«, fragte sie, nachdem sie ihn wieder eingeholt hatte.

»Die klaut schon keiner.«

Unsicher blickte Theda über die Schulter zurück. In Wilhelmshaven hätte sie ihr E-Bike niemals unabgeschlossen zurückgelassen. Aber hier auf Wangerooge war eben alles anders. Größeres Diebesgut unbemerkt aufs Festland zu schmuggeln, schien nahezu unmöglich. Abgesehen davon waren ihre Räder allein schon wegen der markanten blau-weißen Lackierung sowie dem Schriftzug POLIZEI nicht gerade unauffällig.

»Elske, warte!«, rief Hauptkommissar Renken einer korpulenten Frau hinterher, die gerade davonradeln wollte. Sie hatte zuvor kurz angehalten, um gegenüber einer Gruppe von Touristen einen witzigen Spruch über das Pottwal-Skelett zu machen, das sich im Garten des *Nationalpark-Hauses* befand.

Sie bremste, stellte ihre Füße auf dem Boden ab und schaute die beiden uniformierten Polizisten verwundert an. Dann erstrahlte ein breites Grinsen auf ihrem pausbäckigen Gesicht. »Kumm ik nu achter dicke Dören?«

»Bitte was?«, fragte Onno leicht außer Atem. Er hatte den letzten Teil des Satzes nicht nur wegen seiner Laufgeräusche nicht verstanden.

»Unser Hauptkommissar vom Festland.« Elskes Grinsen wurde noch breiter. »Hast du denn noch immer nicht unsere Landessprache gelernt?« Sie schüttelte den Kopf und zwinkerte ihm dabei zu. »Zum Glück sprechen alle Insulaner drei Sprachen fließend.«

»Drei?«, wiederholte Theda irritiert. Ihr war nicht bewusst, dass die Leute auf Wangerooge besonders sprachbegabt waren. Legten sie vielleicht wegen der Touristen in der Schule einen Schwerpunkt in diesem Bereich?

»Hier sprechen alle fließend Plattdeutsch, Hochdeutsch und *über andere Leute*«, klärte Onno sie auf. Es war nicht das erste Mal, dass er diesen Witz gehört hatte.

»Alle bis auf den Hauptkommissar«, konnte sich die mobile Friseurin eine weitere Stichelei nicht verkneifen. Dann musterte sie die attraktive Polizistin, die ihr gegenüberstand. »Sie haben aber tolle Haare.«

»Danke!« Sichtlich erfreut wollte Theda sich eine Strähne hinter das Ohr streichen, hatte dabei aber vollkommen vergessen, dass sie wegen der ständigen Radtouren schon den ganzen Tag über einen Pferdeschwanz trug.

»Kundenakquise kannst du später machen«, unterbrach Onno sie. »Ich brauche jetzt leider deine Fähigkeit, über andere Leute zu sprechen.« Er schaute sich um. Da sich in der Nähe des Pottwal-Skeletts eigentlich immer irgendwelche Touristen befanden, wollte er lieber nicht hier mit Elske Coordes über den Mord an Lisa sprechen. Wie laut sie sein konnte, hatte er schließlich gerade selbst miterlebt.

»Vielleicht können wir uns im Park weiter unterhalten«, schlug Oberkommissarin Saathoff vor. Hier waren zwar auch immer Leute unterwegs, aber aufgrund der großen Fläche verteilten sie sich deutlich besser.

Kurz darauf stellte Elske ihren mobilen Friseur-Salon neben den Diensträdern der Inselkommissare ab und setzte sich mit den beiden auf die immer noch freie Parkbank. »Ich habe aber nicht viel Zeit«, sagte sie, nachdem sie einen Blick auf ihre Uhr geworfen hatte. »In einer Viertelstunde muss ich bei meinem nächsten Termin sein.«

»Wir brauchen nicht lange«, versuchte Onno sie zu beruhigen. »Wir wollen eigentlich nur von dir wissen, ob du Lisa Neumann gestern die Haare geschnitten hast.«

»Lisa?«, reagierte die Friseurin verdutzt. »Ja, ich war gestern Vormittag bei ihr. Wieso?« Ihre neugierigen Augen scannten die Gesichter ihrer Gegenüber. Dann lachte sie wieder und ließ den Witz raus, der ihr spontan eingefallen war. »Sie sah danach verboten gut aus, und darum wollt ihr mich jetzt verhaften, stimmt's?« Doch weder der Hauptkommissar noch seine junge Kollegin schienen sich über ihre Worte zu amüsieren. »Ist alles okay?«, fragte sie daher irritiert nach.

Auch Onno war verwundert. Normalerweise war Elske immer besonders gut an den Klatsch und Tratsch der Insel angeschlossen. War die grausame Neuigkeit von Lisas Tod etwa wirklich noch nicht bis zu ihr durchgedrungen? Hatten etwa alle Insulaner, die bisher davon wussten, tatsächlich ihre Klappe gehalten?

»Können Sie uns bitte sagen, worüber Sie und Frau Neumann sich während des Haarschnitts unterhalten haben?«, fragte Theda ernst.

Neugierde und Sorge standen der mobilen Friseurin ins Gesicht geschrieben. »Ist Lisa etwas passiert?«

»Beantworte bitte einfach nur unsere Fragen«, bat Hauptkommissar Renken ruhig, aber bestimmt.

»Wir haben uns über das aktuelle Fernsehprogramm unterhalten. Lisa guckt auch gerade *Die Bachelorette* und *Schwiegertochter gesucht*. Es ist ja echt unglaublich, was für Leute sich ins Fernsehen trauen.«

Onno schluckte den Kommentar, der ihm auf der Zunge lag, herunter. Er hielt nicht viel von TV-Formaten, bei denen die individuellen Schwächen und Eigenheiten der Protagonisten zur Belustigung der Zuschauer zur Schau gestellt wurden. »Hat Lisa sich von dir regelmäßig die Haare machen lassen?«

Nachdenklich richtete Elske den Blick nach oben. »Sie lebt ja noch nicht so lange auf Wangerooge. Aber ein paar Mal war ich schon zum Spitzenschneiden und Nachfärben bei ihr.«

»Und gestern …«, Oberkommissarin Saathoff dachte an die Aussage der Touristin, die aktuell in der Ferienwohnung neben den Neumanns wohnte, »… war sie da auch nur zum Nachfärben und Nachschneiden da?«

»Dieses Mal hat sie sich Beach Waves machen lassen, die derzeit total angesagt sind.«

Dem fragenden Gesichtsausdruck ihres neuen Partners konnte Theda entnehmen, dass er sich unter der Bezeichnung nichts vorstellen konnte. »Das nennt man so, wenn die Haare lässig zerzaust und zudem leicht wellig aussehen.« Mit ihren Händen vollführte sie an beiden Seiten ihres Kopfes leichte Wellenbewegungen. Als sie merkte, dass es ihrem männlichen Kollegen immer noch an Vorstellungskraft fehlte, ergänzte sie: »Du musst dir eine Surferin vorstellen, die gerade top gestylt mit ihrem Board aus dem Wasser kommt. Es war auf jeden Fall die Sommerfrisur der letzten Jahre, wurde meines Wissens aber in diesem Jahr von Fairytale Waves abgelöst.«

Der Tipp mit der Surferin half Onnos Vorstellungskraft auf die Sprünge. Als er am Strand einen kurzen Blick auf das Gesicht der toten Lisa Neumann geworfen hatte, war ihm nur aufgefallen, dass ihre Haare vom Nordseewasser noch vollkommen durchnässt gewesen waren. Was die wechselnden Frisurentrends der Damenwelt anging, war er wieder einmal froh, ein Mann zu sein. Er trug seit ungefähr zwanzig Jahren die gleiche Frisur und hatte nicht das

Gefühl, dass sie zwischenzeitlich mal aus der Mode gekommen wäre. Nur an der langsam größer werdenden kahlen Stelle an seinem Hinterkopf hätte er gerne etwas verändert, wenn es ein einfaches Mittel dagegen gegeben hätte.

»Also, da würde ich widersprechen«, verteidigte Elke Coordes ihre Friseurinnen-Ehre. »Ich habe erst letzte Woche noch gelesen, dass zum Beispiel Gigi Hadid den Look auch in diesem Sommer noch trägt.«

»Gigi WER?«, fragte Hauptkommissar Renken. Er hatte den Namen noch nie gehört.

»Ein amerikanisches Model. Sie hat ungefähr achtzig Millionen Follower auf Instagram.«

Die wegwerfende Handbewegung, die seine neue Partnerin bei dieser Aussage machte, irritierte Onno. Sie tat so, als wäre das nichts, aber für ihn klangen achtzig Millionen nach verdammt viel. Immerhin waren das so viele Menschen, wie Deutschland Einwohner hatte. Dennoch fand er es an der Zeit, den Trend-Battle zwischen den beiden Damen für beendet zu erklären. »Abgesehen davon, was nun in diesem Jahr wirklich angesagt sein mag und was vielleicht schon wieder out ist«, leitete er die eigentlich entscheidende Frage ein. »Würdest du sagen, Lisa hat sich diese Frisur einfach nur so machen lassen, oder hatte sie einen konkreten Grund dafür?«

Elske schaute ihn vielsagend an. »Wir Frauen machen uns selten einfach nur so hübsch«, sagte sie und bekam für diese Aussage sogar ein zustimmendes Nicken von Theda. »Meistens steckt da irgendein Mann dahinter.«

»Hat sie das Objekt ihrer Begierde eventuell namentlich erwähnt?«, fragte Oberkommissarin Saathoff.

Die mobile Friseurin schüttelte den Kopf. »Ich habe versucht, mehr Details aus ihr herauszukitzeln, aber sie blieb, was das angeht, leider sehr schweigsam. Aber als ich sie zum ersten Mal gefragt habe, ob sie sich für ein Rendezvous hübsch machen lässt, habe ich über den Friseurspiegel ein verräterisches Lächeln bei ihr bemerkt. Abgesehen davon hat sie mir zum Ende meines Besuches noch gesagt, dass sie noch schnell in die *La Lingerie* müsste, bevor ihre Kinder aus der Schule kommen würden.«

»La Lingerie?«, wandte Theda sich an ihren Partner. »So hieß doch nicht der Laden, in dem sie gearbeitet hat?«

Onno schüttelte den leicht rot anlaufenden Kopf. »In der Lingerie kann man …«

»Ich weiß, was Lingerie bedeutet«, unterbrach Theda ihn patzig. Sie wollte sich von keinem Mann Mitte vierzig erklären lassen, dass dies der Fachbegriff für hochwertige und luxuriöse Unterwäsche war. »Ich wollte nur wissen, ob es ein weiteres Geschäft der Eheleute Hoferland ist.«

»Sie wollte sich definitiv ein paar sexy Dessous kaufen«, sprach Elske Klartext. »Und da Rena und Folmer so etwas in ihrem Laden nicht anbieten, musste sie halt auf die Konkurrenz ausweichen.«

***

Nachdem sich Theda und Onno von Elske Coordes verabschiedet hatten, radelten sie zur *La Lingerie*. Wie die meisten Modegeschäfte war auch dieses in der Zedeliusstraße zu finden. In den beiden großen Schaufenstern, die sich rechts und links der Eingangstür befanden, hingen große Plakate von leicht bekleideten Models. Zudem trugen einige wohlgeformte Schaufensterpuppen die neuesten Kleidungsstücke zur Schau.

Mit einem leicht mulmigen Gefühl betrat Hauptkommissar Renken das Geschäft. Im Gegensatz zu seiner neuen Partnerin war er noch nie in solch einem Laden gewesen. Nicht, weil ihm die angebotene Ware nicht gefiel, vielmehr hatte er Sorge, mit seinem Blick zu lange und vor allem zu auffällig an einem der erotischen Plakate hängen zu bleiben.

Theda hingegen war überrascht von der Auswahl des Ladens. Sie hätte nicht gedacht, dass es auf einer kleinen Ostfriesischen Insel wie Wangerooge überhaupt ein derartiges Geschäft gab. Während sie auf die Verkäuferin zugingen, die im hinteren Teil des Ladens Wäschestücke in die Regale hängte, scannte sie die ausgestellten Angebote und nahm sich fest vor, in ihrer Freizeit noch einmal als Kundin wiederzukommen.

»Moin!«, begrüßte die Verkäuferin die beiden Polizisten sichtlich überrascht. Sie war Anfang fünfzig, relativ schlank und trug für ihr Alter einen sehr modernen Haarschnitt. Sie hatte Hauptkommissar Renken natürlich gelegentlich schon zu Gesicht bekommen, aber die junge Dame neben ihm war ihr bisher noch nicht begegnet. Da sie sich nicht vorstellen konnte, dass die beiden hier waren, um in ihrer

Dienstzeit gemeinsam Dessous zu kaufen, ging sie vom Schlimmsten aus. »Ist hier etwa was geklaut worden und ich habe es nicht bemerkt?«

»Nein, nein«, beruhigte Onno sie. »Wir sind hier, um nach einer Kundin zu fragen, die gestern in diesem Geschäft eingekauft haben soll.«

»Oh je, ich hoffe, ich erinnere mich an sie. Bei den ganzen Touristen, die Tag für Tag bei uns reinkommen, kann ich mir wirklich nicht alle Gesichter merken.«

»Es geht um eine Insulanerin«, warf Oberkommissarin Saathoff ein.

»Eine Insulanerin?«, grübelte die Verkäuferin laut. »Das kann eigentlich nur eine gewesen sein. Ich konnte mich gestern schon nicht an ihren Namen erinnern, aber ich weiß, dass sie noch nicht so lange auf Wangerooge lebt und bei Rena und Folmer im Laden arbeitet.«

»Lisa Neumann«, half Onno ihrem Namensgedächtnis auf die Sprünge.

»Lisa, genau! Was ist denn mit ihr?«

Auch sie scheint noch nichts von dem Mord gehört zu haben, war Theda überrascht. »Ich weiß, die Frage ist jetzt vielleicht etwas ungewöhnlich, aber können Sie uns sagen, ob sie etwas gekauft hat?«

Die Verkäuferin nickte, machte drei Schritte und nahm einen Kleiderbügel zur Hand, auf dem eine rote Spitzen-Corsage hing. Die ebenso roten Strumpfhalter baumelten gen Boden. »Die hier hat sie gekauft und auch gleich die passenden Strümpfe dazu. Soll ich die auch noch schnell holen?«

»Schon gut«, hielt Onno sie auf. »Es geht uns auch weniger darum, was sie genau gekauft hat. Vielmehr interessieren wir uns dafür, für wen sie das Ding …«, er zeigte auf das am Kleiderbügel baumelnde Wäschestück, ohne es direkt anzusehen, »… tragen wollte.«

Entschuldigend zuckte die Verkäuferin die Achseln. »Danach habe ich nicht gefragt. Wir sind, was das angeht, sehr diskret.«

»Ist ja auch klar, dass eine Kundin hier nicht reinkommt und sich Unterwäsche für den nächsten Kegelabend mit den Nachbarn oder den kommenden Kaffeeklatsch mit den Freundinnen kauft«, reagierte Theda mit leichtem Kopfschütteln auf die Frage ihres Kollegen. Dann wandte sie sich wieder der Verkäuferin zu. »Hat Frau Neumann vielleicht irgendetwas über den Mann gesagt, der den Anblick dieses edlen Wäschestückes genießen soll? Bitte denken Sie nach, jede Kleinigkeit kann uns weiterhelfen.«

»Leider nein. Aber die Vorfreude – auf wen oder was auch immer – stand ihr beim Kauf förmlich ins Gesicht geschrieben.«

***

Nachdem die Inselcops das Dessous-Geschäft wieder verlassen hatten, fuhren sie zurück zur Polizeistation, um sich über ihr weiteres Vorgehen zu beratschlagen.

»Sie hat sich am Tag ihres Todes die Haare machen lassen und sich wirklich sexy Dessous gekauft«, fasste Theda die bisherigen Erkenntnisse zusammen. »Ich fresse einen Besen, wenn die in der letzten Nacht mit jugendfreien Gedanken zum Strand aufgebrochen ist.«

»Nur leider hat sie niemandem gegenüber erwähnt, mit wem sie sich treffen wollte«, sagte Onno.

»Bestimmt war es der Briefträger. Denk doch mal nach. Würdest du überall rumerzählen, dass du dich für ein erotisches Date mit deiner Postzustellerin am Strand treffen möchtest?«

Onno schmunzelte. »Die Vorstellung fällt mir schwer, da meine Frau nun mal nicht bei der Post arbeitet.« Dennoch konnte er die Gedankengänge seiner Partnerin nachvollziehen. Lisa Neumann und der Briefträger waren im gleichen Alter. Beide waren – soweit Onno es wusste – ungebunden. »Samira hat gesagt, dass ihre Mutter sich immer so gefreut hat, wenn er in letzter Zeit vorbeikam. Vielleicht hat es zwischen den beiden tatsächlich einen heißen Flirt gegeben, wenn er ihr die Post gebracht hat.«

Als wäre es Gedankenübertragung, meldeten sich genau in diesem Moment Thedas ehemalige Kollegen vom Festland, um sie per Handy über die Befragung des Postmitarbeiters zu informieren. Nachdem die Oberkommissarin das Telefonat beendet hatte, brachte sie ihren neuen Partner auf den laufenden Stand.

»Meine alten Kollegen haben gerade mit Deeke Oltmanns gesprochen. Dabei hatten sie das Gefühl, er wäre von der Nachricht von Lisa Neumanns Tod ehrlich erschüttert gewesen«, begann sie ihre Zusammenfassung ohne Umschweife.

Hauptkommissar Renken versuchte, sich an die wenigen belanglosen Wortwechsel zu erinnern, die er mit dem Verdächtigen bisher geführt hatte. Er hatte nicht das Gefühl, dass Deeke Oltmanns ein besonders guter Schauspieler war. Aber das allein genügte ihm selbstverständlich nicht, um von dessen Unschuld überzeugt zu sein. Er selbst war – durfte er den Aussagen seiner Frau glauben – auch jederzeit in der Lage, jemandem ins Gesicht zu lügen, ohne dabei mit der Wimper zu zucken. »Hat er ein Alibi?«

»Nicht direkt. Er hat angegeben, sich das Leben auf Wangerooge nicht leisten zu können. Er kommt daher jeden Morgen mit der Fähre auf die Insel, die auch die Postsendungen transportiert. Die Nacht über will er daher in seinem eigenen Bett verbracht haben.«

»Wo wohnt er denn?«

»In Werdum«, antwortete Theda. »Das liegt zwischen Esens und Carolinensiel.«

Onno verzog die Mundwinkel. Dachte seine Kollegin etwa, nach seinem Abstecher nach Hannover und den drei Jahren Inselleben würde er sich in seiner ostfriesischen Heimat überhaupt nicht mehr auskennen? Erst letztes Jahr war er mit seiner Frau und den Kindern in der kleinen Gemeinde gewesen, um den dort angesiedelten Haustierzoo zu besuchen. »Und gibt es dafür Zeugen?«

Theda schüttelte den Kopf. »Er sagte, er sei Single und lebe daher allein. Allerdings meinten meine Kollegen, er habe eine ungewöhnlich lange Bedenkzeit gebraucht, bevor er auf diese simple Frage geantwortet hat.«

»Also hat er die Nacht vielleicht doch nicht in seinem eigenen Bett verbracht.« Die Stirn des Hauptkommissars kräuselte sich. »Wir sollten die Aufnahmen der Videokameras überprüfen, um sicherzustellen, ob er gestern nach Dienstschluss auch wirklich mit der Fähre aufs Festland zurückgekehrt ist.«

»Du meinst, er könnte einfach auf der Insel geblieben sein, um nachts Lisa Neumann zu töten und dann am nächsten Morgen so zu tun, als wäre er – wie sonst auch – mit der Fähre gefahren, um die Post zu verteilen?« Die Skepsis in Thedas Stimme war unüberhörbar.

»So wie du es sagst, klingt das tatsächlich unwahrscheinlich. Es wäre viel zu auffällig gewesen, da er ja definitiv zum Hafen gekommen sein müsste, um die Post zu holen«, gestand Onno seinen Denkfehler ein. »Hat er denn etwas zu seiner Beziehung zu unserer Toten gesagt?«

»Er meinte, die beiden hätten ab und zu ein paar Worte miteinander gewechselt, wenn er ihr die Briefe oder Pakete übergeben habe. Aber ihm ist angeblich nicht aufgefallen, dass Lisa Neumann sich ihm gegenüber in den vergangenen Monaten anders verhalten habe.«

Hauptkommissar Renken dachte an die Aussage von Samira, dass ihre Mama in der Gegenwart des Postboten zuletzt besonders fröhlich gewirkt haben solle. »Lisas älteste Tochter ist gerade einmal elf Jahre alt«, grübelte er laut. »Vielleicht hat sie sich getäuscht und in Wirklichkeit hat sich ihre Mutter nur auf die bestellten Waren gefreut.«

»Möglich wäre es«, stimmte seine neue Partnerin ihm zu. »Aber gemäß meinen Kollegen hat Deeke sich nicht nur bei der Frage, ob er die Nacht alleine in seinem Bett geschlafen hat, merkwürdig verhalten. Er soll auch ansonsten sehr nervös gewirkt haben.«

7. Kapitel

*****Rückblick: Vier Monate zuvor*****

Als Lisa um 15:00 Uhr von ihrer Schicht in der Modeboutique nach Hause kam, war sie körperlich und nervlich am Ende. Sie hatte es gewagt, zum ersten Mal überhaupt in ihren neuen hochhackigen Schuhen zur Arbeit zu gehen. Das schicke Schuhwerk sorgte zwar für eine vorteilhafte Körperhaltung, verursachte aber gleichzeitig auch höllische Fußschmerzen. Außerdem schienen sich alle Touristinnen der Kleidergrößen 46 plus verabredet zu haben, am heutigen Tag in den Laden zu kommen und sich dabei ausnahmslos Mode auszusuchen, die ihnen gemäß Etikett offensichtlich nicht passen konnte.

Kaum hatte sie die Wohnungstür hinter sich geschlossen, streifte sie die tragbaren Folterinstrumente von ihren Füßen und schleuderte sie in die Ecke, in der sich das Schuhregal befand. »Mia, Samira, seid ihr da?«

Die Zimmertür der Jüngsten wurde aufgerissen und Mia stürmte mit weit ausgebreiteten Armen auf ihre Mama zu. »Schön, dass du wieder zu Hause bist«, sagte sie glücklich und schmiegte sich an den Körper ihrer Mutter.

Lisa schloss die Augen und versuchte, den Moment zu genießen. Doch der Stress der vergangenen Stunden ließ sich nicht so einfach aus ihrem Kopf vertreiben. Noch immer schossen ihr tausend Gedanken gleichzeitig durch den Kopf. Als alleinerziehende Mutter stand ihr Gedankenkarussell quasi nie still. »Haben dir die Nudeln geschmeckt?«

»Nudeln?« Mia löste sich von ihrer Mutter und schaute sie fragend an. »Samira hat mir ein Brot mit Nutella geschmiert. Das war lecker!« Sie strahlte über das ganze Gesicht.

»Das glaube ich dir«, sagte Lisa und bemühte sich, nicht vor den Augen ihrer Kleinen auszurasten. Sie hatte ihre ältere Tochter ausdrücklich darum gebeten, die Nudeln vom Vortag aufzuwärmen und die Tomatensoße zu erhitzen, die sie als Gedächtnisstütze extra neben die Spüle gestellt hatte. »Hat Samira dir denn bei den Hausaufgaben geholfen?«

»Habe keine auf.«

Lisa kannte den verschmitzten Gesichtsausdruck ihrer Jüngsten. ›Habe keine auf‹ bedeutete in dieser Kombination allenfalls, dass Mia sich nicht daran erinnern konnte, ob die Lehrerin ihr Hausaufgaben erteilt hatte. »Hat Samira in deiner gelben Mappe nachgesehen?«

Mia schüttelte schuldbewusst den Kopf. Sie wusste nur zu gut, dass ihre Mutter in dem Papphefter, in dem sie ihre Arbeitsblätter aufbewahrte, oft Hinweise auf zu erledigende Hausaufgaben gefunden hatte.

Seufzend ging Lisa in Mias Zimmer, öffnete den Schulranzen und holte die besagte Mappe heraus. Beim Öffnen fiel ihr sofort ein Arbeitsblatt ins Auge, von dem lediglich die oberste Aufgabe erledigt worden war. »Und was ist damit?« Sie zeigte auf die Nummern zwei bis fünf.

»Alles, was wir in der Schule nicht geschafft haben, sollen wir zu Hause machen.«

»Also hast du doch Hausaufgaben auf«, stellte Lisa fest. Dabei klang sie zorniger, als sie es eigentlich wollte. Sie wusste, dass auch ihre Kleine unter der Trennung der Eltern litt, und wollte daher eigentlich immer besonders nachsichtig mit ihr sein.

Mia presste die Lippen aufeinander und zog den Kopf ein. »Tut mir leid.«

Lisa rief den Namen ihrer älteren Tochter. Doch die reagierte nicht. Als sie auch auf ihren zweiten, deutlich lauteren Schrei nicht antwortete, ging sie eiligen Schrittes zu ihrem Zimmer und riss energisch die Tür auf.

Erschrocken zuckte Samira zusammen. Sie saß auf dem Fußboden und sortierte die bunten Sammelsticker, die sie in der Schule mit ihren Freundinnen getauscht hatte. Hastig streifte sie sich die Kopfhörer ab. »Mama, ich habe dich gar nicht kommen hören.«

»Ja, weil du mal wieder viel zu laut Musik hörst«, polterte Lisa los. »Außerdem hast du deiner Schwester nichts Vernünftiges zu essen gemacht und ihre Hausaufgaben sind auch noch nicht fertig.«

»Ich habe ihr ein Brot geschmiert und Hausaufgaben hatte sie nicht auf«, verteidigte Samira sich.

»Du solltest ihr aber Nudeln machen!«, schrie Lisa sie an. »Und nur weil Mia behauptet, sie habe nichts aufbekommen, heißt das noch lange nicht, dass das stimmt!«

Samira schossen die Tränen in die Augen. Sie erinnerte sich plötzlich wieder daran, dass ihre Mama ihr den Auftrag gegeben hatte, das Essen vom Vortag aufzuwärmen. Doch als sie aus der Schule kam, konnte sie sich einfach nicht mehr daran erinnern und hatte, weil sie ihre Mutter während der Arbeit nicht stören wollte, sich stattdessen entschieden, ihrer kleinen Schwester ein Brot zu schmieren. »Ich habe es vergessen. Tut mir leid.« Ihre Lippen bebten, als sie diese Worte sagte.

Bei diesem Anblick zerbrach Lisas Herz in tausend Stücke. Wieder einmal war sie ungerecht zu ihrer Ältesten gewesen. Sie war doch erst elf und musste schon so viele Aufgaben im Haushalt übernehmen und sich zudem regelmäßig um ihre kleine Schwester kümmern. Dass sie jetzt auch noch ihren Frust und ihre Erschöpfung an ihr ausließ, war einfach nicht in Ordnung. Sie ging auf ihre Tochter zu, kniete sich neben sie, legte einen Arm über ihre Schultern und presste Samiras Kopf an ihre Brust. »Mir tut es leid«, flüsterte sie ihr zu und streichelte ihr übers Haar. »Ich hatte einen stressigen Tag, aber das ist kein Grund, meine schlechte Laune an dir auszulassen.«

Samira riss sich aus der Umarmung los und sprang auf die Füße. Ihre Gesichtszüge hatten sich schlagartig aufgehellt. »Dann habe ich etwas, was dich sicher aufheitern wird.« Sie rannte in den Flur und kehrte kurz darauf zurück. »Die lag heute im Briefkasten.« Sie streckte ihrer Mutter die Postkarte entgegen, die sie in der Hand hielt.

Lächelnd nahm Lisa die Karte entgegen und betrachtete das Bild, auf dem eine Schnecke und eine Gänseblume zu sehen waren. Darüber war zu lesen: ›Bin bald bei dir!‹ Sie fragte sich, ob dies wieder eine Karte von dem Unbekannten war. Die letzte hatte sie vor etwa einem Monat erhalten. Sie drehte die Karte um und las die Zeilen auf der Rückseite:

Du fühlst dich einsam und allein,
in Gedanken werde ich immer bei dir sein!

*****Samstag*****

Da die beiden Inselkommissare Deeke Oltmanns nichts nachweisen konnten, er gleichzeitig aber auch der einzige Verdächtige war, den sie namentlich benennen konnten, beschlossen Onno und Theda, es für den heutigen Tag gut sein zu lassen. Sie hofften, dass ihnen das

Ergebnis der Obduktion oder die Auswertung der PC- und Handydaten weiterhelfen würde. Mit beidem rechneten sie allerdings erst morgen.

Als Onno nach Hause kam, wurde er von seinem Sohn Finn stürmisch begrüßt. Noch ehe er seine Schuhe ausgezogen hatte, stürzte der Kleine auf ihn zu und umklammerte ihn.

»Papa, können wir gleich zusammen Mario Kart fahren?«, fragte er, ließ den Kopf in den Nacken fallen und schaute ihn mit großen erwartungsvollen Kinderaugen an.

Onnos Mundwinkel zuckten nach oben, während ihm direkt darauf ein tiefer Seufzer entfuhr. »Lass mich erst einmal meine Uniform ausziehen und kurz mit Mama reden, okay?« Er wuschelte ihm durch die dichte Lockenpracht.

»Sagst du mir dann Bescheid?«, fragte Finn und verschwand, ohne eine Antwort abzuwarten, wieder in sein Zimmer.

»Da bist du ja endlich!« Mit einem mitleidigen Blick und weit ausgebreiteten Armen ging Jantje auf ihren Mann zu. Sie konnte nur ansatzweise erahnen, wie anstrengend der heutige Tag für ihn gewesen sein musste. Sie gab ihm einen Kuss und drückte ihn ganz fest an sich. »Ich liebe dich«, hauchte sie ihm ins Ohr, ehe sie sich wieder von ihm löste. »Wenn du möchtest, können wir gleich zu Abend essen.«

Onno nickte, streifte die Schuhe von seinen Füßen und schlurfte ins Bad, um seine Uniform gegen eine bequeme kurze Hose und ein T-Shirt zu tauschen. Als er in die Küche zurückkehrte, stand seine Frau gerade suchend vor dem offenen Kühlschrank. Ohne Vorwarnung gab er ihr einen gefühlvollen Klaps auf den Po. Er war nicht immer der Mann großer romantischer Worte, aber dieses regelmäßig wiederkehrende Ritual war seine Art, ihr zu zeigen, dass er sie auch nach über zwanzig Jahren immer noch unglaublich attraktiv fand.

»Was für ein Tag«, seufzte Jantje und griff in den Kühlschrank, um die Tube Senf herauszunehmen, die sie zuvor einfach nicht finden konnte. »Zuerst bekommst du eine neue Kollegin und dann wird auch noch eine Leiche gefunden.« Ungläubig schüttelte sie den Kopf.

Für den Bruchteil einer Sekunde machte sich ein lausbübisches Grinsen auf dem erschöpften Gesicht des Hauptkommissars breit. Er kannte seine Frau lange genug, um zu wissen, worauf sie eigentlich hinauswollte. Doch gerade deshalb würde er sie jetzt noch ein wenig zappeln lassen. »Das kannst du laut sagen«, seufzte er. »Ich kann noch immer nicht glauben, dass Lisa Neumann tot ist. Kanntest du sie eigentlich gut?«

»Auch nicht viel besser als du«, antwortete Jantje. »Wir haben uns zwar ein paar Male vor der Schule getroffen, sind aber nie wirklich privat ins Quatschen gekommen.« Sie drehte ihm den Rücken zu, um ein Glas aus dem Hängeschrank zu holen und es für ihren Mann mit Mineralwasser zu befüllen. »Und wie ist deine neue Kollegin damit zurechtgekommen? Ich meine, hat sie es überhaupt schon einmal mit einem Mord zu tun gehabt?«

»Sie hat das recht professionell gemacht«, antwortete Onno knapp. Er wusste genau, dass Jantje ihn am liebsten ausschließlich über Theda aushorchen wollte, und wechselte daher sofort wieder das Thema, um sie noch ein wenig auf die Folter zu spannen. »Morgen bekommen wir die Obduktionsergebnisse und die Ergebnisse der Datenanalyse. Dann wissen wir hoffentlich auch, mit wem Lisa sich mitten in der Nacht am Strand treffen wollte.«

»Das Gefühl, dass auf der Insel vielleicht noch immer ein Mörder frei herumläuft, ist beängstigend.« Jantje schüttelte sich, als sei ihr gerade ein Schauder über den Rücken gelaufen. »Ich bin wirklich froh, dass du wieder da bist. Ich wäre jetzt wirklich ungern allein zu Hause.« Sie stockte, als wäre ihr gerade in diesem Moment etwas eingefallen. »Meinst du, Theda geht es ähnlich?«

Ach, daher weht der Wind, lachte Onno innerlich. »Sie ist eine gut ausgebildete Polizistin und wohnt zudem noch oberhalb der Polizeiwache. Ich glaube nicht, dass der Mörder sich ausgerechnet sie als nächstes Opfer aussuchen würde.«

Jantje griff nach dem Geschirrhandtuch, das über dem Griff des Backofens hing, und schlug damit nach ihrem Mann. »Hör auf, so schaurige Dinge zu sagen!«

»Wer erzählt Gruselgeschichten?« Ohne Vorwarnung hatte Emma die Küchentür aufgerissen und war in den Raum gesprungen. »Redet ihr über die Strandleiche oder über Papas neue sexy Kollegin?«

»Emma!«, reagierte Jantje empört, während Onno seine pubertierende Tochter nur sprachlos anstarrte. »Woher weißt du denn bitteschön von …«

Mit einem vielsagenden Lächeln schwenkte Emma ihr Smartphone, so als wäre es die Antwort auf alle Fragen. »Gibt es jetzt Abendbrot? Ich habe tierischen Hunger.«

»Ist ja auch kein Wunder, wenn man den ganzen Tag über quasi nichts isst«, reagierte Jantje genervt. Die Diskussionen mit ihrem Teenager waren nahezu täglich die gleichen. *Steh endlich auf! ... Räum mal wieder dein Zimmer auf! ... Du musst was essen! ... Leg das Handy zur Seite! ... Du kannst nicht das ganze Wochenende nur im Bett liegen!*

»Du bist doch nur eifersüchtig, weil Papas neue Kollegin voll smash ist«, konterte Emma.

»Smash?«, wiederholte Onno. Er hatte das Wort zwar schon öfter von seiner Tochter und anderen Jugendlichen gehört, war sich über die Bedeutung aber immer noch nicht vollständig im Klaren. Neben Plattdeutsch war der Sprachgebrauch der jungen Menschen daher die zweite Sprache, die er gerne noch viel besser verstehen beziehungsweise sprechen würde.

Doch noch ehe Emma antworten konnte, ergriff Jantje wieder das Wort. »Ich bin nicht eifersüchtig«, tat sie krampfhaft so, als hätten die Worte ihrer Tochter nicht doch irgendwie einen wunden Punkt getroffen. Es war nämlich weniger das attraktive Aussehen, sondern vielmehr der Ruf der neuen Polizistin, der ihr Sorgen machte.

»Ach ja?« Emma fixierte Jantjes Blick. Wenn es etwas gab, was sie noch besser konnte, als faul am Handy abzuhängen, dann war es, ihre Mutter zu provozieren. »Dann lade sie doch zu uns ein.«

»Das mache ich auch noch.«

»Nicht irgendwann. Jetzt!« Emmas Augen funkelten. »Und du ziehst dich nicht extra um und schminkst dich auch nicht.«

Onno hatte das Gefühl, als wäre die Zeit stehengeblieben, während er dabei zusah, wie sich seine beiden Mädels herausfordernd anstarrten.

»Gute Idee«, sagte Jantje schließlich, und ihre Gesichtszüge entspannten sich schlagartig. Dann wandte sie sich ihrem Mann zu. »Ruf Theda doch mal an und frag, ob sie spontan Lust hat, mit uns zu Abend zu essen. Dann muss sie ihren ersten Abend auch nicht alleine in dieser winzigen Wohnung verbringen.«

***

»Schön, dass du so spontan zugesagt hast«, sagte Onno, als er seine Partnerin hereinbat. Dabei hatte er in Wirklichkeit gehofft, seine neue Kollegin würde die Einladung ausschlagen, da sie zunächst einmal in Ruhe auspacken und sich in ihrer neuen Behausung einrichten wollte.

Doch Theda hatte nicht einen Moment lang gezögert und stand nur zwanzig Minuten später bei ihm zu Hause im Flur. Dabei sah sie aus, als habe sie sich stundenlang für diesen Besuch aufgebrezelt. Ihre langen blonden Haare trug sie nun offen und ihre Uniform hatte sie gegen eng anliegende Shorts, die gerade so ihren Hintern bedeckten, eingetauscht. Ihr Oberkörper steckte in einem feuerroten, bauchfreien Top, dessen Ausschnitt beinahe bis zum Bauchnabel reichte. In den Händen hielt sie ein paar Blumen, die sie auf dem Weg selbst gepflückt haben musste.

Eine nette Geste, dachte Onno, bezweifelte aber, dass das Bouquet ausreichen würde, um den negativen Gesamteindruck, den Thedas Outfit definitiv bei seiner Frau hinterlassen würde, auszugleichen.

Finn streckte seinen Kopf aus der Tür. »Moin!«, begrüßte er den Besuch artig.

Onno war froh, dass sein Sohn noch nicht in dem Alter war, wo ihm etwas an Mädchen lag. *Ihm wären ansonsten beim Abendessen wahrscheinlich die Augen aus dem Kopf gefallen*, dachte er, während ihm bewusst wurde, dass sein Blick sich während der Mahlzeit auf gar keinen Fall unterhalb von Thedas Kinn ›ausruhen‹ durfte.

»Moin!«, begrüßte auch Emma ihren Gast. Ihr Blick musterte die neue Kollegin seines Vaters von oben bis unten. »Sie ist definitiv smash«, sagte sie und verschwand in der Küche.

»Entschuldige bitte«, sagte Onno. »Emma steckt voll in der Pubertät und verhält sich daher manchmal echt seltsam. Und als wäre das nicht schon anstrengend genug, benutzt sie andauernd Wörter, die wir nicht verstehen.«

Theda grinste. »Smash bedeutet, dass die Person sexy ist«, übersetzte sie sichtbar stolz. »Es kann auch bedeuten, dass man mit der Person eine Beziehung möchte oder einfach nur Sex mit ihr haben will.« Sie grinste. »Aber die letzteren beiden Fälle würde ich mal ausschließen.«

Onno wurde rot. Warum sagte Emma so etwas, und dann auch noch vor seiner neuen Kollegin? Sie war doch erst dreizehn.

Jantje kam aus der Küche. »Moin, Theda!« Während sie der neuen Kollegin ihres Mannes die Hand entgegenstreckte, scannten auch ihre Augen den Körper der Besucherin von oben bis unten. Sie tat es zwar nicht so auffällig – und vor allem deutlich schneller als Emma

–, aber dennoch war der prüfende Blick weder Onno noch Theda entgangen.

»Vielen Dank für die Einladung. Die Blumen sind für Sie. Die Geschäfte hatten leider alle schon zu. Darum konnte ich kein passenderes Geschenk kaufen.«

»Die sind sehr hübsch. Vielen Dank! Ich stelle sie gleich in eine Vase.« Jantje nahm das Mitbringsel entgegen. »Und bitte sieze mich nicht, ich fühle mich auch so schon steinalt, wenn ich neben dir stehe.«

Ein unerwartetes Verlegenheitsgefühl überkam Theda. Einerseits freute sie sich über das versteckte Kompliment, andererseits war es ihr unangenehm, dass die Frau ihres Partners sich in den direkten optischen Vergleich mit ihr begeben hatte. »Ich finde, für dein Alter …« Sie stockte, als sie ihren Fauxpas bemerkte. »Ich meine, ich bin froh, wenn ich in zehn Jahren noch eine so tolle Figur habe wie du«, versuchte sie ihren missglückten Versuch, etwas Positives zu erwidern, noch zu retten.

»Ich glaube, uns trennen nur so sieben oder acht Jahre.« Scheinbar ungerührt schaute Jantje ihren Mann fragend an.

Der tat so, als würde er im Kopf nachrechnen, ehe er vor lauter Unsicherheit, wie er nun reagieren sollte, einfach nur nickte.

»Hast du schon mal Mario Kart gespielt?«, fragte Finn, der als Einziger der Anwesenden wahrscheinlich nicht verstand, welch unsichtbarer Elefant gerade im Raum stand.

»Ich liebe das Spiel«, antwortete Theda. »Bis vor ein paar Jahren hatte ich noch eine Wii, aber weil zuletzt niemand mehr mit mir spielen wollte, habe ich die Konsole irgendwann verkauft.«

»Ich habe eine Switch«, sagte Finn stolz. »Willst du eine Runde mit mir zocken?«

Theda schaute Jantje fragend an.

»Das Essen braucht sowieso noch fünfzehn Minuten.«

Die Oberkommissarin reagierte überrascht. »Ich hoffe, du hast dir nicht zu viel Mühe gegeben«, sagte sie. »Onno und ich haben doch schon heute Mittag warm gegessen.« Sie warf einen fragenden Blick zu ihrem neuen Partner hinüber.

Der wiederum zuckte nur mit den Schultern. »Ich habe es ihr gesagt, aber sie wollte es sich nicht nehmen lassen, das Abendbrot zu deinen Ehren etwas aufzuwerten.«

»Zwei warme Mahlzeiten am Tag.« Theda hielt sich demonstrativ die Hände vor den Bauch. »Ich werde hinterher aussehen, als ob ich schwanger wäre.«

Wollen wir doch mal sehen, wie dein Bauch aussieht, wenn du – so wie ich – erst einmal zwei Kinder geboren hast, schoss Jantje ein gehässiger Kommentar durch den Kopf. »Da mach dir mal keine Sorgen«, sagte sie stattdessen, drehte sich lächelnd um und ging zurück in die Küche.

Eine Viertelstunde später saßen alle zusammen am Abendbrottisch. Anders als sonst hatte Jantje den Aufschnitt auf kleinen Tellern zurechtgelegt. Zudem hatte sie Gurken, Paprika und Möhren in handliche Portionen geschnitten und verschiedene Dips in kleinen Schälchen dazugestellt. Außerdem hatte sie noch schnell eine Quarkspeise mit Früchten zubereitet und in dekorativen Gläschen angerichtet.

»Das sieht großartig aus«, staunte Theda und entlockte ihrer Gastgeberin dadurch ein zufriedenes Lächeln.

»Danke«, sagte Jantje. »Der Großteil des Aufschnitts ist allerdings komplett vegan. Wir haben nur ein wenig Geflügelwurst.« Sie zeigte auf die beiden Teller, auf denen die tierische Nahrung zu finden war.

»Das macht doch nichts«, sagte Theda. »Ich esse ohnehin selten Fleisch.«

»Ich bin Vegetarierin.« Emma straffte ihren Oberkörper. »Am liebsten wäre ich Veganerin, aber meine Eltern verbieten es.« Sie bedachte ihre Erziehungsberechtigten mit einem strafenden Blick.

Onno seufzte und leierte zum zigsten Mal den Grund herunter, aus dem sie ihrer Tochter einen veganen Lebensstil untersagten. »Jugendliche haben einen erhöhten Nährstoffbedarf. Die Deutsche Gesellschaft zur Ernährung rät daher davon ab, sich in dieser Altersgruppe ausschließlich durch pflanzliche Produkte zu ernähren.«

»Das stimmt«, pflichtete Theda ihm bei. »Ich habe mich viel mit Ernährung beschäftigt und weiß daher, dass deine Eltern recht haben. Auch Schwangere und Stillende sollten sich übrigens nicht vegan ernähren.«

In Gedanken notierte Jantje die ersten Pluspunkte auf dem Konto der Oberkommissarin.

»Ich liebe Schweine«, rief Finn laut.

»Das ist doch auch okay«, ging Theda auf ihren jungen Sitznachbarn ein. »Ich esse ab und zu auch ganz gerne mal eine Bratwurst.«

»Nein«, echauffierte Finn sich. »Ich liebe die Tiere. Ich würde sie niemals essen.«

Zufrieden stellte Jantje fest, dass das Image der coolen, smashen Polizistin durch nur einen einzigen Satz bei ihren beiden Kindern die ersten Risse bekommen hatte. »Lasst es euch schmecken«, sagte sie versöhnlich und dippte einen Karottenstick in einen Knoblauch-Dip.

Nachdem sie eine Zeitlang gegessen und sich unterhalten hatten, bekam Jantje mehr und mehr das Gefühl, dass Theda nicht so schlecht war wie ihr Ruf. Sie stimmte zwar nicht in allen Punkten mit der karrierehungrigen Oberkommissarin überein, fand aber generell, dass sie ganz vernünftige Ansichten hatte und man sich gut mit ihr unterhalten konnte. Wenn sie sich nur nicht so aufreizend anziehen und die Finger von verheirateten Männern lassen würde.

»Mama, kann ich morgen zur Schule mein neues Top anziehen?«, fragte Emma.

»Das blaue?«, fragte Onno mit vollem Mund.

Seine Tochter nickte.

»Das kannst du nicht zur Schule anziehen!«

»Wieso das denn nicht?«, reagierten Mutter und Tochter empört.

»Na, weil es viel zu freizügig ist.«

Jantje lächelte vielsagend. »Du meinst, weil es bauchfrei ist und deine Tochter damit ein wenig Dekolleté zeigt?« Unterm Tisch legte sie Emma eine Hand auf das Knie. »Du wirst dich damit abfinden müssen, dass deine Kleine langsam zur Frau wird.«

»Das ist ja auch kein Problem für mich«, entgegnete Onno. »Ich will nur nicht, dass sie falsche Signale sendet.«

»Falsche Signale?«, wiederholte Jantje. »Du meinst, die Jungs auf ihrer Schule könnten ihre Kleidung als Aufforderung verstehen …« Sie beendete den Satz nicht, sondern starrte ihren Mann stattdessen nur kopfschüttelnd an.

»Ich war auch mal ein Teenager«, versuchte Onno sich zu erklären. »In dem Alter reagieren Jungs nun mal auf solche Reize.«

»Und in deinem Alter nicht mehr, oder was?«, patzte Emma ihren Vater an.

»Nein, doch. Ich meine …« Vor Verlegenheit begann Onno zu stottern.

»Ich will mich ja nicht einmischen«, sagte Theda. »Aber wenn du deiner Tochter aus Sorge davor, irgendein Junge könnte ihre freizügige Kleidung als Aufforderung verstehen, vorschreibst, was sie anziehen soll, dann kannst du ihr doch auch gleich sagen, dass sie sich komplett verschleiern muss.«

»Das ist aber doch etwas ganz anderes!«, protestierte Onno energisch. Er hielt sich für einen sehr offenen Vater, der Gleichberechtigung nicht nur lebte, sondern auch darauf achtete, zwischen seiner Tochter und seinem Sohn keine Unterschiede zu machen.

»Es ist vielleicht etwas provozierend formuliert …«, versuchte Jantje mit ruhiger Stimme die Wogen zu glätten, »… aber ganz unrecht hat Theda nicht. Manche Frauen müssen sich verschleiern, damit Männer von ihrer Weiblichkeit nicht zu schlimmen Handlungen verführt werden. Willst du denn wirklich, dass deine Tochter in einer Welt lebt, in der sie nicht anziehen kann, was sie will, nur weil ein männliches Wesen sich dadurch provoziert fühlen könnte?«

Onno biss von seinem Brot ab, um beim Kauen genug Zeit zum Nachdenken zu haben. »Nein, das will ich natürlich nicht«, sagte er schließlich, auch wenn er immer noch kein gutes Bauchgefühl bei der Sache hatte.

»Also darf ich morgen mein neues Top anziehen?« Emma war ganz aufgeregt.

Onno nickte, woraufhin seine Tochter zunächst ihm, dann ihrer Mutter und zum Schluss auch Theda um den Hals fiel.

Jantje hingegen fügte weitere Pluspunkte zu dem Konto der Oberkommissarin hinzu. Dann kam ihr ein Gedanke, der selbst sie irgendwie schockierte. Wenn man von Männern in der heutigen Welt erwarten darf, dass sie freizügige Frauenkleidung nicht als Einladung interpretieren, darf man dann von verheirateten Polizisten nicht auch erwarten, dass sie den Reizen einer jungen attraktiven Kollegin widerstehen? Nach allem, was sie bisher gehört hatte, hatte sie Theda als ehezerstörenden Vamp gesehen. Doch lag die Schuld wirklich bei ihr? War es nicht legitim, dass sie sich als Single nehmen wollte, worauf sie Lust hatte? War es nicht vielmehr die Aufgabe der liierten Männer, ihr reizvolles Angebot einfach abzulehnen?

8. Kapitel

Sonntag

Als Onno um 07:42 Uhr die Polizeiwache betrat, war Theda bereits im Büro.

»Guten Morgen«, begrüßte sie ihren Partner gut gelaunt.

»Guten Morgen«, erwiderte er ihren Gruß. »Wie war die erste Nacht in deinem neuen Zuhause?«

»Ich habe geschlafen wie ein Stein.« Ein zufriedenes Lächeln huschte über das Gesicht der Oberkommissarin. »Der gestrige Abend bei euch war sehr schön. Richte bitte deiner Frau noch einmal meinen herzlichen Dank für die Einladung aus.«

Onno nickte. »Aber zunächst müssen wir einen Mörder fassen!« Er klatschte einmal entschlossen in die Hände. »Lisas Tod hat mittlerweile die Runde gemacht. Alleine auf dem Weg hierher wurde ich schon mehrfach darauf angesprochen.«

Mit zusammengepressten Lippen nickte Theda zustimmend. »Es haben in den vergangenen Minuten auch schon ein paar Insulaner deshalb angerufen.« Ihr bedrückter Gesichtsausdruck hellte sich schlagartig auf. »Zum Glück gibt es aber auch gute Neuigkeiten.«

»Gute Neuigkeiten?«

»Das Ergebnis der Obduktion sowie die Auswertungen von Lisas PC und Handy sind vorhin reingekommen.« Oberkommissarin Saathoff griff nach einem zusammengehefteten Stapel Papier und reichte ihn an ihren Partner weiter. »Willst du einen Kaffee?«

»Ich nehme lieber einen Tee«, antwortete Onno, ehe er damit begann, den Inhalt der bedruckten Zettel zu studieren.

Die Auswertung des Laptops sowie die Daten, die Lisas Mobilfunk-Provider der Kriminalpolizei zur Verfügung gestellt hatte, brachten leider keine neuen Ansatzpunkte. Mit wem auch immer sie sich am Strand getroffen hatte, sie hatte sich vorab nicht über das Internet mit ihm verabredet.

Wesentliche Neuigkeiten hatte auch die Autopsie nicht gebracht. Sie bestätigte lediglich, was bisher auch vermutet worden war. Lisa war weder durch den Stich in den Rücken noch durch das Würgen ihres Halses verstorben. Ursächlich für ihren Tod waren eindeutig die zahlreichen Messerstiche in ihren Brustkorb gewesen. Verwertbare DNA, die einen Hinweis auf den Täter geben könnte, war leider auch nicht zu finden gewesen. Das Nordseewasser hatte alle vorhandenen Spuren unbrauchbar gemacht. Lediglich die Bestätigung, dass Lisa während der Tat tatsächlich die Dessous getragen hatte, die sie erst wenige Stunden zuvor in der Lingerie gekauft hatte, bestärkte die ohnehin schon bestehende Annahme, dass sie sich an ihrem Geburtstag mit einem Mann zu einem erotischen Abenteuer hatte treffen wollen.

Seufzend legte Onno die Zettel auf den Schreibtisch zurück. »Als gute Neuigkeiten würde ich das jetzt nicht gerade bezeichnen. Abgesehen von ein paar E-Mails männlicher Kontakte, bei denen man interpretieren könnte, dass sie mehr von Lisa wollten als nur eine Freundschaft, haben wir nichts Neues.«

Theda hingegen sah das Ganze ein wenig optimistischer. »Die Kollegen überprüfen gerade alle diese Männer. Vielleicht war ja einer von denen zur Tatzeit auf Wangerooge. Dann hätten wir einen ganz neuen Ansatzpunkt.«

»Ich weiß ja nicht«, blieb Onno skeptisch. »Da erscheint mir unser Briefträger mit seinem unbestätigten Alibi immer noch die erfolgversprechendere Spur zu sein.« Nachdenklich schaute er zum Fenster hinaus, ehe seine Augen sich plötzlich überrascht weiteten. »Das gibt es ja nicht. Wenn man vom Teufel spricht.«

Überrascht schaute Theda ihrem Partner dabei zu, wie er zur Tür ging und diese öffnete. Den großgewachsenen jungen Mann, der in T-Shirt und kurzer Hose vor der Polizeiwache stand, hatte sie zuvor noch nie gesehen.

»Moin!«, begrüßte Onno den Besucher hörbar überrascht. »Verteilst du neuerdings auch am Sonntag die Post?«

Die Anspannung im Gesicht des Mannes fiel Oberkommissarin Saathoff sofort auf. *Ist das etwa Deeke Oltmanns?*, fragte sie sich. Sie ging ebenfalls zur Tür und stellte sich ihrem bisherigen Hauptverdächtigen mit Namen und Dienstgrad vor.

»Ich bin heute mit meinen Eltern auf der Insel. Ich habe ihnen diesen Ausflug schon vor Monaten zum Hochzeitstag geschenkt.« Mit jedem weiteren Wort schien seine Nervosität weiter anzuwachsen.

Er ist mit seinen Eltern auf der Insel, schoss es Onno durch den Kopf. Er glaubte sich daran zu erinnern, dass Deekes Eltern außerhalb von Niedersachsen wohnten, und ging daher davon aus, dass sie nicht nur für den heutigen Tag angereist waren, sondern wahrscheinlich schon am Freitag oder Samstag in Norddeutschland angekommen sein mussten. *Womöglich haben sie die ersten Tage bei ihrem Sohn in Werdum verbracht und sind dann heute mit ihm auf die Insel gefahren, auf der er nahezu täglich die Post verteilt. Wenn dem so wäre, dann müssten die beiden doch eventuell bezeugen können, dass er vorletzte Nacht zu Hause gewesen ist?*

»Das ist ja ein tolles Geschenk«, reagierte er zunächst positiv auf diese neue Erkenntnis. Er wollte dem Postboten auf keinen Fall den Eindruck vermitteln, als würde er ihn verdächtigen. »Dann hast du ihnen also ein gemeinsames Wochenende geschenkt?«

»Nicht ganz. Wir sind nur heute zusammen hier.«

Theda schaute auf die Uhr. »Dann müssen Sie ja heute sehr früh aufgestanden sein.« Obwohl der Postbote ungefähr in ihrem Alter war und ihr Partner ihn – wie alle anderen Insulaner – duzte, entschied sie sich doch, zunächst beim förmlichen Sie zu bleiben. Auf Dauer würde sie jedoch einen Weg finden müssen, mit dieser für sie unangenehmen Situation umzugehen. Es fühlte sich einfach nicht richtig an, dass sie stets förmlich mit den Insulanern kommunizierte, während Onno den hier üblichen lockeren Umgangston pflegte.

Deeke Oltmanns verzog das Gesicht. »Meine Eltern haben sich extra einen Tag ausgesucht, an dem die erste Fähre bereits um 07:00 Uhr fährt. Sie meinten, ansonsten würde sich der Aufwand ja gar nicht lohnen. Da sie in Bremen wohnen und generell immer sehr früh aufstehen, war das für sie auch kein großes Problem.« Er gähnte auffällig, um zu untermauern, dass er hingegen gerne noch etwas länger geschlafen hätte.

»Wann fahrt ihr denn zurück?«, wollte Hauptkommissar Renken wissen.

»Mit der letzten Fähre um 17:30 Uhr.«

Onno schaute zum strahlend blauen Himmel hinauf. »Dann habt ihr ja nicht nur mit dem Wetter, sondern auch mit der Tide Glück gehabt.« An manchen Tagen fuhr die erste Fähre von Harlesiel nämlich erst gegen Mittag nach Wangerooge.

Noch ehe der Postbote dem Hauptkommissar zustimmen konnte, brachte Theda die Sache endlich auf den Punkt. »Und warum sind Sie jetzt hier bei uns? Wollten Sie Ihren Eltern etwa die Polizeiwache zeigen?« Skeptisch schaute sie ihr Gegenüber an. »Ich bin zwar erst seit gestern hier, aber ich denke, Wangerooge hat schönere Highlights zu bieten.« Sie warf einen Blick über seine Schulter. »Wo sind denn Ihre Eltern überhaupt?«

Ohne die Oberkommissarin direkt anzusehen, antwortete Deeke Oltmanns auf ihre Frage. »Die beiden schauen sich gerade die St.-Willehad- und die Nikolai-Kirche an. Da muss ich nicht unbedingt dabei sein.« Er holte tief Luft. »Ich bin gekommen, um eine Aussage zu machen.«

Die beiden Inselpolizisten wurden hellhörig. Er wollte doch nicht etwa ein Geständnis ablegen?

»Dann komm mal lieber rein«, sagte Onno und machte einen Schritt zur Seite, sodass der Postbote eintreten konnte.

Während der Hauptkommissar hinter seinem Schreibtisch Platz nahm, bot er seinem Besucher einen der Stühle an, die direkt vor dem in die Jahre gekommenen Möbelstück standen. Kaum hatte Deeke Oltmanns sich gesetzt, zog Theda das verbliebene Sitzmöbel zu sich heran und setzte sich neben ihn.

»Also«, kam Onno zur Sache. »Was möchtest du uns sagen?«

Schweigend schaute der Postbote den Hauptkommissar an, ehe sein Blick vorsichtig in Thedas Richtung wanderte.

»Oberkommissarin Saathoff ist seit gestern meine neue und hoffentlich dauerhafte Kollegin. Was du mir zu sagen hast, könntest du genauso gut auch ihr erzählen.«

Die Lippen von Deeke Oltmanns öffneten sich langsam und er saugte hörbar die Luft ein. »Bitte«, sagte er und schaute Onno dabei eindringlich an.

Als der jedoch daraufhin seine neue Kollegin anschaute, bekam er es mit einem ähnlich intensiven Blickkontakt zu tun. Er hatte ihr zwar versprochen, sie bei der Arbeit nicht noch einmal ins Abseits zu stellen, aber in diesem Moment hatte er wirklich den Eindruck, dass es wichtig war. »Würdest du uns bitte kurz allein lassen«, bat er Theda daher so nett wie möglich.

Innerlich kochte es in der Oberkommissarin, während sie einige Sekunden lang einfach nur regungslos sitzen blieb und dabei ihren Partner fixierte. Dann erhob sie sich von ihrem Stuhl und ging zur Treppe, die ins Obergeschoss führte. »Ich wollte ohnehin kurz etwas nachsehen«, flunkerte sie, während sie provozierend langsam die Stufen erklomm.

»Also …«, jetzt war es Onno, der deutlich hörbar einatmete, »… was möchtest du mir erzählen?«

»Es geht um mein Alibi. Du weißt doch sicher, dass die Polizisten vom Festland mich gefragt haben, wo ich in der Nacht gewesen bin, als Lisa …«, er schluckte schwer, »… getötet wurde.«

»Darüber bin ich informiert worden. Du hast angegeben, allein in deiner Wohnung gewesen zu sein.« Die Augen des Hauptkommissars verengten sich, während er die Reaktion seines Gegenübers genau beobachtete.

»Das war eine Lüge.« Deeke ließ den Kopf auf die Brust sinken.

»Du warst also in dieser Nacht nicht zu Hause in deinem Bett?«, fragte Onno und erhielt ein schweigsames Kopfschütteln als Antwort. »Wo warst du denn dann?«

»In Bremen.«

Onno spürte, wie die Anspannung aus seinem Körper wich. Er hatte fest damit gerechnet, dass die Antwort ›Wangerooge‹ lauten würde. »In Bremen?«, fasste er dennoch nach. »Was wolltest du denn in der Hansestadt? Hast du deine Eltern besucht?« Er erinnerte sich plötzlich daran, dass Theda zu Beginn der Ermittlungen kurz vermutet hatte, Lisas Exmann Sönke könnte einen Auftragskiller engagiert haben. War Deeke vielleicht aus demselben Grund in die nahegelegene Großstadt gefahren?

Der Blick des Postboten wanderte zu der Treppe, über die Theda vor wenigen Augenblicken ins Obergeschoss verschwunden war. »Versprichst du mir, dass du deiner Kollegin nichts davon erzählst?«

Onno räusperte sich. »Nun, das hängt ganz davon ab, was genau du mir zu sagen hast«, wich er einer konkreten Versprechung aus.

Mit scheinbar großer Kraftanstrengung hob sich Deekes Kinn wieder an. »Ich war bei Olga.«

»Olga?«, wiederholte der Hauptkommissar den russischen Vornamen. »Ist das deine Partnerin?«

Kinn und Blick des Befragten senkten sich wieder. »Ich treffe sie nur einmal pro Monat. Öfter kann ich mir das nicht leisten.«

»Ach so.« Onnos Stimme klang gedehnter und höher als gewöhnlich. Er glaubte, endlich verstanden zu haben, wer diese Olga war, ging mit einer Nachfrage aber dennoch auf Nummer sicher. »Ist sie eine Sexarbeiterin?« Er hatte sich bewusst für die eher wertfrei klingende Berufsbezeichnung entschieden, obwohl seiner Erfahrung nach die Bezeichnung Prostituierte in der Regel besser passte, da diese mehr nach der Unfreiwilligkeit klang, mit der die meisten Frauen diesen Beruf ausübten.

Beschämt bejahte der Postbote diese Annahme. »Sie arbeitet in der Orient-Oase in Bremen. Das ist ein Saunaclub.«

Olga aus der Orient-Oase. Ein interessanter Kulturmix, dachte Onno und musste ein aufkommendes Schmunzeln unterdrücken. »Und von wann bis wann warst du dort?«

»Ich bin gegen 21.00 Uhr in Werdum losgefahren und war so gegen 22:30 Uhr im Club«, begann Deeke laut nachzurechnen.

Hauptkommissar Renken machte sich einige Notizen, um im Nachgang die Nachvollziehbarkeit der Zeitangaben zu überprüfen. Eine neunzigminütige Autofahrt von Ostfriesland nach Bremen schien ihm aber plausibel.

»Gegen 05:00 Uhr bin ich dann wieder zu Hause gewesen«, schloss der Befragte seine Überlegungen schlagartig ab, ohne dabei nähere Details über die Stunden zu machen, die er im Saunaclub verbracht haben wollte.

Onno konnte kaum glauben, was er gerade gehört hatte. »So lange bist du dort gewesen?« Er kannte zwar das Konzept der Wellnessoasen für Männer, konnte sich aber kaum vorstellen, dass man dort so viele Stunden zubringen konnte.

»Ich buche immer den Late-Night-Tarif, weil der günstiger ist«, erklärte Deeke, als sei so ein Ausflug das Normalste der Welt. »Tagsüber und am frühen Abend kommen auch viele verheiratete Männer, die ihren Frauen vorgaukeln, sie wären auf der Arbeit oder beim Fußballtraining. Ab 22:00 Uhr sind dann nahezu ausschließlich Singles im Club. Dann ist es auch nicht mehr so voll und man hat mehr Zeit und Ruhe, um …«, er stockte kurz, als er bemerkte, dass ihm eine unpassende Wortwahl auf der Zunge lag, »… es sich gutgehen zu lassen.«

Verstört, aber auch ein wenig fasziniert ließ Onno die Erläuterungen sacken. Auch wenn sein aktuelles Kopfkino durchaus eine reizvolle Wirkung auf ihn hatte, hätte er Jantje niemals anlügen können, um sich heimlich ›verwöhnen‹ zu lassen. Erst recht nicht von Damen, die höchstwahrscheinlich zur Prostitution gezwungen wurden. Aber das tat hier auch nichts zur Sache. Er schüttelte sich innerlich und setzte die Befragung fort. »Gibt es dafür Zeugen oder Belege?«

»Olga wird sich bestimmt an mich erinnern. Schließlich bin ich Stammgast und sie mag mich wirklich«, antwortete Deeke mit einem gewissen Stolz in der Stimme. »Außerdem kann ich …«, aus seiner

Hosentasche kramte er sein Handy hervor, »... dir das hier zeigen.« Er streckte dem Hauptkommissar sein Mobiltelefon entgegen.

Mit zusammengekniffenen Augen las Onno die Informationen auf dem Display. Es war die Kreditkartenabbuchung der Orient-Oase. Das Datum stimmte. *Warum kommt er erst jetzt mit diesem Alibi um die Ecke?*, war er skeptisch. *Will er damit vielleicht nur verhindern, dass wir genauer nachforschen, wo er in der Nacht von Lisas Tod wirklich gewesen ist?* »Wir werden diese Olga befragen und mit Sicherheit auch die Videoaufzeichnungen des Clubs überprüfen.« Er ließ seine Worte absichtlich wie eine Drohung klingen. Doch sein Verdächtiger schien davon wenig beeindruckt zu sein. Im Gegenteil, der Postbote wirkte auf ihn plötzlich regelrecht erleichtert. »Warum hast du das alles eigentlich nicht bereits gestern meinen Kollegen vom Festland gesagt?« Er verstand zwar, dass man ein gewisses Schamgefühl überwinden musste, um gegenüber Staatsbediensteten zugeben zu müssen, dass man in einem erotischen Saunaclub gewesen war. Dennoch wäre es ihm gegenüber wildfremden Beamten leichter gefallen als bei einem Polizisten, dem man auf der zweitkleinsten Ostfriesischen Insel zwangsweise regelmäßig über den Weg lief.

»Als deine Kollegen gestern plötzlich vor meiner Tür standen, war ich total überrumpelt. Als sie dann auch noch von Lisas Ermordung erzählt haben, konnte ich kaum noch einen klaren Gedanken fassen. Ich mochte Lisa, aber ...«, er stockte. »... ich hatte wohl keine Chance bei ihr.« Betroffen senkte er kurz den Blick, nahm aber gleich darauf entschlossen den Augenkontakt mit seinem Gegenüber wieder auf. »Auf jeden Fall war es mir total unangenehm, das zuzugeben. Zumal dein Kollege auch so eine junge und attraktive Kollegin bei sich hatte.« Erneut wanderte sein Blick zur Treppe.

»Und warum hast du deine Meinung plötzlich geändert?«

»Versprich mir, nicht zu lachen.«

»Versprochen!«, reagierte Onno reflexartig und machte sich erst hinterher Gedanken darüber, dass sein Verdächtiger diese Bitte sicherlich nicht grundlos ausgesprochen hatte. Vorsorglich presste er die Backenzähne aufeinander, um für alle Fälle gewappnet zu sein.

»Meine Eltern haben mir ins Gewissen geredet.«

Onno war froh, dass Deeke ihn vorgewarnt hatte. Andernfalls wäre er sich nicht sicher gewesen, ob er wirklich keine Miene verzogen hätte. Und selbst jetzt konnte er nicht beschwören, dass keiner seiner Mundwinkel verräterisch gezuckt hatte.

»Ich habe ihnen erzählt, dass die Polizei bei mir gewesen ist und viele Fragen gestellt hat«, führte der Postbote seine Aussage weiter aus. »Ehrlich gesagt, habe ich ihnen gegenüber immer behauptet, Lisa wäre meine feste Freundin.«

»Wieso hast du das getan?«

Wieder schaute Deeke beschämt zu Boden. »Gegenüber Freunden, Kollegen und auch meinen Eltern tue ich immer so, als hätte ich bei der Frauenwelt einen Stein im Brett. Aber in Wirklichkeit tue ich mich extrem schwer, bei den Damen den entscheidenden Schritt zu machen. Darum hatte ich schon sehr lange keine Beziehung mehr und mir war das – auch gegenüber meinen Eltern – sehr peinlich.«

Mitfühlend schaute Onno den vor ihm sitzenden Geschlechtsgenossen an. Er selbst hatte seine Frau vor zweiundzwanzig Jahren über eine Internetseite kennengelernt, die man als frühe Form der heutigen Dating-Plattformen beschreiben könnte. Wenn Jantje – obwohl sie damals erst siebzehn und damit fast vier Jahre jünger war als er – bei ihrem ersten Treffen jedoch nicht den entscheidenden Schritt gemacht hätte, wüsste er nicht, ob er den Mut aufgebracht hätte, sie nach einem zweiten Treffen zu fragen. Denn damals war er, ähnlich wie Deeke noch heute, sehr schüchtern und mit wenig Selbstvertrauen ausgestattet gewesen. Hätte Jantje nicht irgendwann nach seiner Hand gegriffen und ihn einfach geküsst, wäre er in dem Glauben wieder nach Hause gefahren, dass ihr das Date mit ihm nicht gefallen hatte. Aber so gern er auch an die Anfänge ihrer Beziehung dachte, musste er sich jetzt auf die Gegenwart konzentrieren. »Aufgrund des Mordes musstest du deinen Eltern jetzt aber reinen Wein einschenken?«, fragte er daher weiter.

»Ja«, bestätigte Deeke. »Und als sie sich dann große Sorgen gemacht haben, weil ich ihnen in diesem Zusammenhang von meiner heimlichen Schwärmerei für Lisa und meinem zeugenlosen Alibi berichtet habe, habe ich ihnen dann eben auch noch meine regelmäßigen Bordellbesuche gebeichtet.«

»Und daraufhin haben sie dir geraten, heute zu mir zu kommen?«

»Ja, sie waren erleichtert, dass ich eine Zeugin für mein Alibi habe, und fanden es auch überhaupt nicht schlimm, dass ich gelegentlich für Sex bezahle.«

»Coole Eltern hast du«, entfuhr es Onno.

»Finde ich auch.« Das Lächeln kehrte auf Deekes Gesicht zurück. »Meiner Mutter war eigentlich nur wichtig, dass Olga ihren Beruf freiwillig ausübt. Aber da konnte ich sie beruhigen.«

Onno verkniff sich die kritische Nachfrage, die ihm auf der Zunge brannte. Während seiner Zeit in Hannover hatte er den Eindruck gewonnen, dass alle Prostituierten behaupteten, ihren Beruf aus freien Stücken und mit ehrlicher Leidenschaft auszuüben. Was blieb ihnen auch anderes übrig, wenn ein potentieller Kunde sie danach fragte? Doch seiner Einschätzung nach sagten dabei maximal zwei von zehn Frauen die Wahrheit.

»Du kannst froh sein, solch moderne Eltern zu haben«, lobte Onno erneut Deekes ehemalige Erziehungsberechtigte. »Du hast auf jeden Fall das Richtige getan, indem du mir jetzt die Wahrheit gesagt hast. Hätte die Polizei herausgefunden, dass du bei deiner ersten Aussage gelogen hast, hätte das sehr verdächtig gewirkt.«

»Das weiß ich jetzt auch.« Wie ein Schuljunge, der endlich eingesehen hatte, dass es falsch war, den unbeliebten Mitschüler zu hänseln, saß er in sich zusammengesunken auf seinem Stuhl.

»Dann geh jetzt und genieße den Tag mit deinen Eltern! Wenn uns noch etwas einfällt, melden wir uns bei dir.«

Erleichtert stand Deeke auf und ging zur Tür. Als er diese gerade öffnen und sich verabschieden wollte, fiel ihm jedoch noch etwas ein. »Ich weiß nicht, ob es für die Ermittlungen wichtig ist, aber da gibt es noch eine Sache, die ich beichten muss.«

9. Kapitel

*****Rückblick: Drei Monate zuvor*****

Lisa saß in ihrer Wohnung und starrte gelangweilt und gedankenverloren aus dem Fenster. Es regnete in Strömen, alles war geputzt und aufgeräumt und ihre Schicht in der Boutique war für heute auch schon vorbei. Ohne die Kinder war es still – zu still. Die Mädchen waren jetzt schon seit gestern bei ihrem Vater. Seitdem hatte sie nichts mehr von ihnen gehört. Schon mehrmals hatte sie darüber nachgedacht, wenigstens Samira eine Nachricht zu schicken. Aber sie wollte nicht, dass ihre Kinder sich kontrolliert fühlten oder Sönke davon erzählten. An sich war es ja ein gutes Zeichen, dass sie sich nicht bei ihr meldeten. Anscheinend schien ihr Vater wirklich Zeit mit ihnen zu verbringen, sodass keine Langeweile oder gar Heimweh bei ihnen aufkam. Dennoch würde sie sich wohler fühlen, wenn sie ab und zu ein Lebenszeichen von Mia und Samira bekommen würde.

Sönke war zum ersten Mal nach Wangerooge gekommen, um seinen Urlaub hier mit seinen Töchtern zu verbringen. Er hatte sogar extra eine Ferienwohnung mit drei Schlafzimmern angemietet, damit Mia und Samira in seinem Urlaub nicht immer ganz zu ihm nach Essen fahren mussten und Lisa gleichzeitig auch mal ein wenig Zeit für sich haben konnte. *Eigentlich eine nette Idee*, fand Lisa, wären da nach ihrer Trennung nicht so viele unschöne Streitigkeiten, Vorwürfe und Drohungen gewesen. Nach allem, was vor und nach ihrer Scheidung vorgefallen war, fiel es ihr noch immer schwer, Sönke den fürsorglichen Vater abzunehmen. Und auch wenn sie wusste, dass es richtig war, den Mädchen den Kontakt zu ihrem Papa nicht zu verwehren, verspürte sie doch immer noch ein ungutes Gefühl, wenn die beiden für mehrere Tage bei ihm waren.

Irgendwie hatte sie den Eindruck, als hätte Sönke einfach nur seine Strategie geändert. Kurz nach der Trennung hatte er mit aller Macht versucht, Lisa wieder zurück in das eheliche Zuhause zu zwingen. Dabei hatte er aber nicht auf die romantische oder gar reumütige Schiene gesetzt, sondern stattdessen versucht, ihr ein schlechtes Gewissen zu machen und sie als undankbar und egoistisch hinzustellen. Dieses Verhalten änderte sich schlagartig, nachdem Lisa mit den Kindern nach Wangerooge gezogen war. Seither war er wieder deutlich mehr der Mann, in den sie sich einmal verliebt hatte. Er war zwar immer noch so weit von diesem Idealbild entfernt, dass sie sich nicht vorstellen konnte, in diesem Leben noch einmal mit ihm zusammenzukommen. Aber insgesamt hatte sich die Situation zwischen ihnen seither deutlich entspannt. Zudem beteuerte er neuerdings, dass er sich mit der Trennung abgefunden habe und nur noch daran interessiert sei, dass Mia und Samira nicht unnötig unter der Scheidung ihrer Eltern litten. Doch Lisa war sich nicht sicher, ob er nicht trotzdem noch ein wenig daran glaubte, sie eines Tages zurückgewinnen zu können.

Als es an der Tür klingelte, sprang sie wie von der Tarantel gestochen auf. Sie fragte sich, ob das vielleicht ihre Töchter sein könnten. Hatten sie sich vielleicht mit ihrem Vater gestritten und wollten jetzt doch wieder nach Hause? Oder hatten sie nur etwas vergessen und wollten es schnell abholen? Letztendlich war Lisa der Grund vollkommen egal, sie freute sich nur darauf, die beiden zu sehen und von ihnen zu hören, dass es ihnen gutging. Voller Vorfreude riss sie die Wohnungstür auf und erstarrte überrascht, als sie einen männlichen Körper erblickte, der sich einen großen Karton vor das Gesicht hielt.

»Schrei vor Glück!«, zitierte der Postbote den bekannten Werbespruch eines deutschen Online-Modehändlers, streckte ihr das Paket entgegen und zwinkerte ihr frech zu.

Lisa musste schmunzeln. Sie mochte die lockere Art, mit der Deeke die Post verteilte. »Bringst du den Spruch jetzt an jeder Haustür?«

»Das ist ein exklusiver Service für meine Lieblingsadressen.« Seine blauen Augen funkelten lausbubenhaft. »Davon gibt es auf Wangerooge nur eine Handvoll.«

»Da fühle ich mich aber geehrt«, ging Lisa auf den unverfänglichen Flirt ein. Sie spürte, dass sie dem Postboten gefiel und unter Umständen zwischen ihnen auch mehr sein könnte, wenn sie es denn nur wollen und zulassen würde. Sein Geschäker schmeichelte ihr und war eine Wohltat für ihr weibliches Ego. Gleichzeitig hatte sie nie das Gefühl, dass sie ihn zurückweisen würde, wenn sie nie über eine bestimmte Grenze hinausging.

»Kannst du auch«, sagte Deeke. Er schaute auf die auf dem Paket abgelegten Postsendungen, die ebenfalls an Lisa adressiert waren. »Du scheinst ja nicht nur bei mir auf der Liste der Lieblingsadressen zu stehen.«

Lisa wusste nicht sofort, was er damit meinte. Doch dann entdeckte sie die Postkarte, die unter einem Schreiben ihres Telekommunikationsanbieters versteckt lag. »Liest du etwa meine Post?«, fragte sie ihn, ohne es in irgendeiner Form böse zu meinen. Seit sie auf Wangerooge lebte, hatte sie Deeke beinahe täglich gesehen. Entweder bei sich vor der Wohnungstür oder wenn sie in der Boutique die Post entgegennahm. Sie fand ihn sympathisch und würde ihm daher niemals ernsthaft unterstellen, gegen das Briefgeheimnis zu verstoßen.

»Natürlich nicht«, widersprach Deeke mit gespielter Empörung. »Aber eine Postkarte mit einem in Flammen stehenden Herzen ist genauso aussagekräftig wie ein unscheinbarer Karton, der den Absendernamen Beate Uhse trägt.«

»Dann werde ich meine Bestellung bei Beate wohl lieber wieder stornieren. Nicht, dass du bei der Auslieferung noch rote Ohren bekommst«, scherzte Lisa, wünschte ihm noch einen guten Tag und verschwand mit der Post im Inneren der Wohnung.

Das Paket mit den bestellten Klamotten ignorierte sie zunächst genauso wie den Brief mit den magentafarbenen Buchstaben auf dem Umschlag. Ihr Hauptaugenmerk lag auf der Postkarte, die das von Deeke beschriebene flammende Herz zeigte.

Wenn ein Feuer erlischt, bleibt oft nur die Glut,
doch nach jeder Ebbe kommt auch wieder die Flut.

Nachdem sie die Zeilen gelesen hatte, überkam sie zum ersten Mal ein konkreter Verdacht. Könnte Sönke der Verfasser der mysteriösen Postkarten sein? Gehörte das alles zu seinem Plan, sie auf lange Sicht doch noch zurückzugewinnen?

Sie ging ins Schlafzimmer und holte den roten Schuhkarton vom Kleiderschrank, in dem bereits die vorherigen drei Postkarten des unbekannten Schreibers lagerten. Sie verteilte sie – mit dem Text nach oben – auf dem Bett und las noch einmal alle Reime in chronologischer Reihenfolge. Nur dieses Mal stellte sie sich dabei vor, dass die Karten wirklich von ihrem Exmann stammten.

Er könnte es tatsächlich gewesen sein, stellte sie schockiert fest, fragte sich gleichzeitig aber auch, warum er es auf diese geheimnisvolle Art und Weise machte. Nutzte er auch deshalb eine Schablone, damit sie seine Handschrift nicht wiedererkannte?

Sonntag

Deeke Oltmanns ging zurück zum Schreibtisch des Hauptkommissars, setzte sich aber dieses Mal nicht hin. »Ich habe bei Lisa ein paar Mal gegen das Briefgeheimnis verstoßen. Ich bin nicht stolz darauf, aber ich habe mir halt damals noch Hoffnungen gemacht und musste daher unbedingt wissen, wer ihr die Postkarten geschrieben hat. Als ich mich gestern daran erinnert habe, war ich mir plötzlich unsicher, ob der Kartenschreiber eventuell etwas mit ihrem Tod zu tun haben könnte.«

Onno wurde hellhörig. Er wusste, dass auch nicht verschlossene Nachrichten unter das Briefgeheimnis fielen, konnte aber gut nachvollziehen, dass der ein oder andere Postzusteller beim Gang zum nächsten Briefkasten doch mal einen flüchtigen Blick riskierte. Selber würde er daher nie intime Nachrichten auf diesem Wege versenden. Er verzichtete darauf, Deeke für sein Fehlverhalten zu tadeln, zumal die Verletzung des Briefgeheimnisses ohnehin ein absolutes Antragsdelikt war. Dementsprechend müsste Lisa zunächst einen Antrag auf Strafverfolgung stellen, doch das ging ja nun ohnehin nicht mehr. »Was ist dir aufgefallen?«, fragte er stattdessen. »Jedes noch so kleine Detail kann uns auf die Spur von Lisas Mörder führen.«

»Es begann vor etwa einem halben Jahr«, begann der Postbote zu berichten. »Ich konnte mich nicht erinnern, dass Lisa je zuvor eine Postkarte bekommen hat, seit sie auf Wangerooge lebt. Darum habe ich einen Blick riskiert, zumal wirklich nicht viel auf der Karte stand.«

»Aber das, was draufstand, ist dir im Gedächtnis geblieben?«, fasste Onno nach.

»Nicht wortwörtlich«, erwiderte Deeke. »Aber ich fand es merkwürdig, dass statt der erwarteten Zeilen nur ein Reim darauf stand.«

»Ein Reim?«, wiederholte Hauptkommissar Renken. »So wie bei einem Gedicht?«

»Ja. Und der Verfasser war augenscheinlich auch in Lisa verschossen.« Deekes Stimme klang plötzlich betrübt. »Danach kam jeden Monat eine weitere Karte. Die letzte habe ich vor zwei Monaten in den Händen gehalten.«

»Stand da ein Absender drauf oder hat der Verfasser mit seinem Namen unterschrieben?«, unterbrach Onno ihn aufgeregt. Er sprang von seinem Schreibtischstuhl auf und packte sein Gegenüber an den Schultern. »Versuch dich zu erinnern. Es ist wichtig!«

Erschrocken schaute der Postbote auf die Hände des Polizisten, der ihn daraufhin sofort wieder losließ. »Da stand definitiv weder Name noch Absenderadresse drauf. Aber vor zwei Monaten hat er in seinem Reim geschrieben, dass er sie an ihrem Geburtstag treffen wollte. Ich weiß nicht ganz genau, wann der ist, aber …«

»Sie wurde an ihrem Geburtstag ermordet«, unterbrach Onno ihn aufgeregt. »Der geheimnisvolle Kartenschreiber muss ihr Killer sein.« Wieder appellierte er an das Gedächtnis seines Zeugen. »Konzentrier dich! Ist dir noch irgendetwas aufgefallen?«

»Der Typ hatte eine extrem saubere Handschrift«, fiel es Deeke wieder ein. »Ansonsten …« Er richtete den Blick zur Zimmerdecke, um besser nachdenken zu können. »Ach ja«, sagte er nach einigen Sekunden Bedenkzeit. »Ich vermute, dass es vor einem Monat noch eine weitere Karte gegeben hat. Die habe ich leider nicht zu Gesicht bekommen, weil ich zu dieser Zeit zwei Wochen mit einer schweren Sommergrippe flachgelegen habe.«

»Die letzte Karte, die letzte Karte …« Onno wiederholte seine Worte wie ein Mantra. »Wahrscheinlich hat er ihr da geschrieben, wann und wo er sich mit ihr genau treffen will.« Er schaute Deeke an. »Wie hieß noch die Frau, die dich in dieser Zeit vertreten hat?« Er konnte sich daran erinnern, sie einmal gesehen zu haben. Aber ihr Name wollte ihm partout nicht einfallen.

»Das war Marion.«

»Hast du ihre Nummer? Ich muss sie fragen, ob sie sich daran erinnert, was auf der letzten Karte stand.«

Deeke gab ihm die Mobilfunknummer seiner Arbeitskollegin, machte ihm aber gleichzeitig wenig Hoffnung, von dieser die gewünschten Informationen zu erhalten. »Marion ist schon ewig bei der Post und stets darauf bedacht, sich an alle Regeln zu halten. Ich kann mir nicht vorstellen, dass sie in ihrem ganzen Leben je einen Blick auf den Text einer Postkarte geworfen hat, die nicht für sie bestimmt war.«

Trotz seiner ernüchternden Prophezeiung wählte Hauptkommissar Renken sofort die Nummer von Marion. Doch in dem darauffolgenden kurzen Telefonat musste er enttäuscht feststellen, dass Deeke mit seiner Einschätzung leider recht gehabt hatte.

»Dann müssen wir die Postkarte halt selber finden«, sagte er entschlossen, eilte zur Treppe und rief den Namen seiner Partnerin hinauf.

Es dauerte keine Sekunde und Theda hatte bereits ihren Fuß auf die oberste Stufe gesetzt.

***

Während die beiden Inselcops erneut zur Wohnung der Toten radelten, brachte Hauptkommissar Renken seine Kollegin auf den neuesten Stand. Um ihr im Nachhinein zu erklären, warum Deeke Oltmanns sie bei dem Gespräch nicht hatte dabeihaben wollen, berichtete er ihr auch von Olga und dem Saunaclub, nahm ihr zeitgleich aber auch das Versprechen ab, dies gegenüber dem Postboten niemals zu erwähnen.

»Dann ist es ja kein Wunder, dass weder auf dem Laptop noch über den Mobilfunkanbieter Daten von Lisa Neumanns Verehrer zu ermitteln waren. Der Typ hat anscheinend ganz oldschool per Postkarte mit ihr geschrieben«, kommentierte die Oberkommissarin den Bericht. »Ich frage mich jetzt allerdings, ob unsere Tote den Typen überhaupt persönlich gekannt hat.«

»Du meinst, Lisa könnte sich mit einem völlig wildfremden Mann an einem abgelegenen Strand getroffen haben? Und das auch noch mitten in der Nacht.« Onno versuchte, sich in die Rolle einer alleinstehenden Frau zu versetzen. »Das ist doch viel zu gefährlich.«

»Da hast du natürlich recht, wie unsere Tote leider beweist.« Theda verzog traurig die Mundwinkel. »Dennoch liegt in der Gefahr natürlich auch immer der Reiz. Für manche ist es nur die Aufregung, erwischt zu werden, andere gehen halt noch weiter, um den besonderen Kick zu erleben. Stell dir vor, du bekommst über Monate Postkarten von einer unbekannten Verehrerin, die sich dann irgendwann mit dir treffen möchte. Wärest du nicht auch neugierig?«

Onno dachte kurz nach. »Sicher wäre ich das«, gab er ehrlich zu. »Dennoch glaube ich, dass Lisa und ihr Mörder sich gekannt haben müssen. Er muss ja schließlich auch ihre Adresse gehabt haben, um ihr schreiben zu können.«

»Die kann er auch herausgefunden haben, indem er ihr heimlich nach Hause gefolgt ist«, gab Theda zu bedenken.

»Was aber doch irgendwie auch gruselig wäre, oder?« Onno versuchte sich vorzustellen, was Lisa Neumann gedacht haben musste, als sie die erste Karte in den Händen hielt. »Wenn es wirklich ein Unbekannter war, müsste sie sich doch auch gefragt haben, woher er ihre Adresse hat. Spätestens dann hätte ich an ihrer Stelle keinem Treffen an einem abgelegenen Ort mehr zugestimmt.«

»Vielleicht ist sie ja auch davon ausgegangen, dass es ein Insulaner war, der heimlich in sie verliebt gewesen ist?«

Diese Version schien Onno zunächst durchaus einleuchtend, bis ihm etwas einfiel, das dann auch diese Annahme irgendwie unglaubwürdig machte. »Aber wenn es ein Insulaner war, dann hätte er doch die Postkarten sicher nicht mit der Post verschickt.«

Dieser Einwand machte auch Theda stutzig. »Vielleicht ist es einer, der auf dem Festland arbeitet. Und weil er seine vermeintliche Schwärmerei geheim halten wollte, hat er von dort aus die Karten verschickt.«

»Das klingt ja ein wenig nach den Zettelchen, die man sich früher in der Schule geschickt hat. Willst du mit mir gehen? Kreuze an: ja, nein, vielleicht.« Der Hauptkommissar schüttelte den Kopf. Auch wenn er selbst schüchtern war, fand er diese Art der Kontaktaufnahme irgendwie kindisch.

»Wir sollten unsere Spekulationen vorerst einstellen und uns auf die Kartensuche fokussieren. Sobald wir die gefunden haben, wissen wir auf jeden Fall schon mehr.«

»Du hast recht.« Onno betätigte die Handbremsen und brachte sein Fahrrad vor der Wohnung der Familie Neumann zum Stehen.

Im Inneren teilten sie sich auf. Theda übernahm Küche und Schlafzimmer. Onno schaute sich im Wohnzimmer und im Bad um. Die Kinderzimmer ließen sie aus, da sie sich nicht vorstellen konnten, dass Lisa Neumann die Postkarten ihres vermeintlichen Verehrers in den Räumlichkeiten ihres Nachwuchses deponiert hatte.

Nach einer Dreiviertelstunde steckte Onno seinen Kopf durch die angelehnte Tür des Schlafzimmers. »Ich habe nichts gefunden. Und du?«

Auf den Knien sitzend schob Theda die unterste Schublade einer weiß lackierten Kommode zu. »Ich bin jetzt auch mit allen Schränken durch. Leider Fehlanzeige.« Sie zuckte resignierend mit den Schultern. »Entweder sind die Karten nicht hier oder Lisa hat die Dinger regelrecht versteckt.« In diesem Moment kam ihr eine letzte Idee. Sie fragte sich, wo sie ihre Sextoys verstecken würde, wenn sie bereits Kinder hätte, die diese nicht finden durften. »Warte mal!« Sie stand auf, reckte sich und glitt mit ihrer Hand am oberen Rand des viertürigen Kleiderschrankes entlang, bis sie gegen einen kantigen Gegenstand stieß. Sie griff danach und beförderte einen roten Schuhkarton hervor. »BINGO!«

»Sieh mal nach, was drin ist!« Onno drehte sich um und guckte gegen die Wand.

Verdutzt betrachtete Theda die Kehrseite ihres Kollegen. »Bist du denn nicht neugierig?«

»Ich will die Intimsphäre der Verstorbenen wahren.«

Theda lachte laut auf. »Da gibt es doch nichts mehr zu bewahren«, kommentierte sie seine Worte nüchtern. »Mal abgesehen davon, was glaubst du, was da drin ist?«

Onno merkte, wie ihm die Röte ins Gesicht schoss. In diesem Moment war er froh, dass seine neue Partnerin ihn nicht direkt anschauen konnte. »Na …«, begann er zu stottern.

Schmunzelnd hob Theda den Deckel des Kartons ab. »Du hast recht, da ist ein Vibrator drin.«

»Wirklich?« Onno versuchte überrascht zu klingen, auch wenn er es nicht wirklich war. Er fand auch überhaupt nichts Schlimmes daran. Nur in Gegenwart der jungen Oberkommissarin darüber zu sprechen, fiel ihm irgendwie schwer.

»War nur Spaß«, scherzte Theda, obwohl sie dennoch vermutete, dass sich in dem schwarzen Samtbeutel ein entsprechendes Gerät befand. Ihr Augenmerk galt aber ohnehin den Postkarten, die sich an der Seite des Kartons befanden. »Ich habe sie!«, jubelte sie, nachdem sie den ersten Reim auf der Rückseite entdeckt hatte.

»Das gibt es ja nicht.« Onno drehte sich um und warf einen Blick auf den Fund. Dann streckte er mahnend die Hand aus. »Nicht anfassen! Da könnten die Fingerabdrücke des Mörders drauf sein.«

»Ich bin doch nicht blöd«, sagte Theda und streckte ihm die Hand entgegen, mit der sie eine der Postsendungen angefasst hatte. Sie steckte in einem milchigen Einweghandschuh, den sie sich schnell übergestreift hatte, als ihr Partner noch die Wand anstarrte.

***

Nachdem sie von allen Postkarten eine Fotografie angefertigt hatten, hatten sie die Originale einzeln in Beweismittelbeuteln verpackt und diese sofort mit einem Flieger aufs Festland geschickt, damit die Kollegen der Spurensicherung diese auf Fingerabdrücke untersuchen konnten.

Die Inselkommissare hatten ihre Fotografien vor sich auf einem großen Tisch ausgebreitet und diese chronologisch sortiert. Wieder und wieder lasen sie die Texte durch, um den Hinweis zu entdecken, der ihnen vermeintlich bisher entgangen war. Doch egal wie viele Durchgänge es auch waren, das entscheidende Detail war entweder nicht da oder es wollte ihnen einfach nicht auffallen.

»Halten wir noch einmal fest, was wir bisher haben«, durchbrach Onno schließlich die Dauerschleife. »So akkurat, wie die Schrift aussieht, wurden wahrscheinlich alle Karten mit einer Art Schablone geschrieben. Außerdem hat der Verfasser nie einen direkten Hinweis auf seine Identität gegeben. Auf mich macht das den Eindruck, als habe er von vornherein geplant, Lisa Neumann zu töten.«

Theda nickte zustimmend. »Außerdem scheint unsere Tote ihren Mörder doch gekannt zu haben«, stellte sie fest und las die dazu passende Karte vor:

Seit ich dich zum letzten Mal sah,
kann ich dich nicht vergessen,
deine Schönheit hat sich für immer in meine Erinnerung gefressen.

»Es könnte natürlich auch so gewesen sein, dass der Unbekannte sie, sie aber nicht ihn gesehen hat«, gab Onno zu bedenken. »Ich glaube aber auch, dass sie ihren Mörder gut gekannt haben muss. Dadurch würde dann nämlich auch klarer werden, warum sie sich zu so später Zeit an das abgelegene Ostende der Insel gewagt hat«, untermauerte Onno seine Annahme, tippte auf eine der Fotografien und las den darauf zu lesenden Reim laut vor.

Wenn ein Feuer erlischt, bleibt oft nur die Glut,
doch nach jeder Ebbe kommt auch wieder die Flut.

»Ob damit das Feuer der Liebe gemeint ist?«, überlegte Theda laut.

»Könnte gut sein. Demnach müsste ihr Mörder einer ihrer Expartner sein. Und zwar einer, der noch immer ziemlich wütend auf sie gewesen sein muss.«

»Sönke Neumann!?« Theda sprach den Namen so aus, als wäre er Frage und Aussage zugleich.

»Mit dem Gipsbein soll er sie am Strand eingeholt haben? Das kann ich mir nicht vorstellen.« Onno erinnerte sich an den Besuch, bei dem sie von Samira den Schlüssel für die Wohnung bekommen hatten. Ihr Vater hatte vom Weinen gerötete Augen, ein kreideweißes Gesicht und schien sich mit letzter Kraft auf seine Krücken zu stützen. »Der sah fix und fertig aus, nachdem wir ihm vom Tod seiner Exfrau erzählt haben.«

»Dann muss es einer ihrer vorherigen Partner gewesen sein. Vielleicht Sönkes direkter Vorgänger, der nie überwunden hat, dass Lisa nicht ihn geheiratet hat.«

»Klingt plausibel.« Onno kratzte sich sein bärtiges Kinn. »Ob Sönke Neumann seinen Vorgänger kennt?« Er schaute seine Partnerin fragend an, doch die schien plötzlich mit ihren Gedanken ganz woanders zu sein. »Erde an OK Saathoff. OK Saathoff, bitte kommen. Over!«

Doch als Theda ihm erklärte, was ihr gerade aufgefallen war, hielt Onno kurz den Atem an.

10. Kapitel

Sonntag

Onno nahm die Fotografie der letzten Karte in die Hand und hielt sie sich direkt vor die Augen. »Du hast recht. Wieso ist uns das bisher nicht aufgefallen?« Ungläubig starrte er auf die Briefmarke. »Da ist definitiv kein Poststempel drauf. Könnte die Post ihn vergessen haben?«

»Das kann ich mir nicht vorstellen. Das läuft doch heutzutage alles vollautomatisiert.« Theda las den Text der letzten Karte laut vor:

Übermorgen ist unser großer Tag,
an dem ich mich endlich aus der Deckung wag.
Sei um Mitternacht am vorgeschlagenen Ort
und segle mit mir in die Zukunft hinfort.

»Also, Friedrich Schiller oder Johann Wolfgang von Goethe können wir schon mal von der Liste der Verdächtigen streichen«, scherzte sie über die mäßigen lyrischen Fähigkeiten des Kartenschreibers, ehe sie sich wieder auf die Ermittlungen besann. »Wenn der Poststempel nicht vergessen wurde, muss Lisas Mörder bereits am Mittwoch oder Donnerstag auf der Insel gewesen sein.« Sie bezog sich dabei auch auf den Reim der letzten Karte, in dem der Gesuchte ein Treffen zu Lisas Geburtstag final bestätigt hatte.

»Es sei denn, der Täter hat einen Komplizen auf der Insel«, warf Onno ein.

»Denkst du immer dreimal um die Ecke?« Theda verdrehte die Augen.

Kommentarlos zuckte Onno die Achseln.

»Lass uns doch jetzt einfach mal von folgenden Punkten ausgehen«, wagte die Oberkommissarin einen Versuch, die Ermittlungen zu kanalisieren. »Erstens: Wir suchen eine verflossene Liebe von Lisa Neumann. Zweitens: Derjenige, den wir suchen, ist bereits am letzten Mittwoch oder Donnerstag auf Wangerooge gewesen und hat die letzte Postkarte selbst bei seinem Opfer eingeworfen.« Sie machte eine kurze Sprechpause, in der sie Onnos Blick fokussierte. »So groß kann die Menge an alten Liebhabern doch gar nicht sein, dass wir damit nicht arbeiten können.«

»Das klingt nach einem vielversprechenden Ansatz«, gab Onno zu. Grübelnd nahm er alle Fotografien erneut in die Hand und betrachtete sie nacheinander noch einmal ganz genau. »Zumal die ersten fünf Karten alle im Briefzentrum 26 abgestempelt worden sind.«

»Briefzentrum 26? Was bedeutet das?«

»Ihr jungen Leute!« Schmunzelnd schüttelte Onno den Kopf. »Da ihr euch nur noch Kurznachrichten übers Handy schickt, kennt ihr nicht einmal mehr die Funktionsweise des normalen Briefverkehrs.«

»Du bist nur elf Jahre älter als ich«, stellte Theda klar. »Und ich weiß, dass in einem Briefzentrum die Post verteilt wird. Nur mit der Zahl kann ich nichts anfangen.«

Onno nahm eine der Fotografien zur Hand, platzierte seinen Zeigefinger unter dem Poststempel und streckte sie seiner Partnerin entgegen. »Auf dem Stempel ist zu lesen, in welchem Verteilzentrum die Postsendung abgestempelt wurde. Das heißt, dass die Postkarten in einem Ort eingereicht worden sein müssen, dessen Postleitzahl mit den Ziffern Zwei und Sechs beginnt. Und da Lisa Neumann vor ihrem Umzug nach Nordrhein-Westfalen in Leer aufgewachsen ist, wäre durchaus anzunehmen, dass der Verfasser auch dort die Postkarten eingeworfen hat.«

»Und da sie schon in sehr jungen Jahren mit dem Vater ihres damals noch ungeborenen Babys aus Ostfriesland weggezogen ist, könnte der Vorgänger von Sönke Neumann ein ehemaliger Schulkamerad gewesen sein«, kombinierte Theda weiter. Als sie im Kopf jedoch nachrechnete, wie viele Jahre zwischen Lisas Schulabschluss und ihrem Tod lagen, bekam sie sofort Zweifel an ihrer aktuellen Theorie und teilte diese mit ihrem Partner.

»Verdammt«, fluchte Onno. Auch ihm kam der Zeitraum zwischen der vermeintlichen Schulliebschaft und deren potentieller Rache viel zu lang vor. »Vielleicht hat Lisa Neumann nach der Trennung von ihrem Mann ja doch eine kurze Beziehung zu einem anderen gehabt«, spekulierte er deshalb.

»Vielleicht hatte sie auch während der Ehe etwas mit einem anderen Typen«, erweiterte Theda seine Mutmaßung.

»Wir sollten Sönke Neumann fragen, ob er etwas weiß«, schlug Onno vor. »Je mehr Namen wir hinterher haben, die wir dann mit potentiellen DNA-Spuren auf den Postkarten abgleichen können, umso größer sind unsere Chancen.«

»Wobei ich hinsichtlich der DNA-Spuren skeptisch bin.« Theda verzog die Mundwinkel. »Wir haben am Tatort schon keine gefunden. Und ein Täter, der beim Schreiben der Postkarten sogar eine

Schablone benutzt, der hat sicherlich auch dafür gesorgt, dass er keine unsichtbaren Spuren darauf hinterlässt.«

***

Als die Inselkommissare mit ihren Fahrrädern erneut vor der Ferienwohnung hielten, in der Sönke Neumann aktuell mit seinen Kindern wohnte, mussten sie zu ihrer Überraschung feststellen, dass niemand zu Hause war.

»Vielleicht mussten die einfach mal raus«, sagte Onno. »Mit so einer schlimmen Nachricht fällt einem zu Hause sicher schnell die Decke auf den Kopf.«

»Was glaubst du, wo sie sind?«

»Die könnten überall sein.«

Die beiden entschieden, sich aufzuteilen und auf der gesamten Insel nach dem Vater und seinen beiden Kindern Ausschau zu halten. Während Onno zunächst zum Tuunpad fuhr, um nachzusehen, ob die drei sich vielleicht auf die Aussichtsdüne zurückgezogen hatten, suchte Theda zunächst beim *Neuen Leuchtturm* und fuhr dann weiter zum *Westturm*, dem Wahrzeichen von Wangerooge. Doch auch nach zwei weiteren Stunden hatte keiner der beiden eines der gesuchten Familienmitglieder zu Gesicht bekommen.

»Ob sie zum Tatort gelaufen sind?«, fragte Theda ihren Partner, nachdem sie sich wie vereinbart in der Polizeiwache getroffen hatten, um dort gemeinsam eine kleine Mittagspause zu machen.

Doch noch ehe Onno antworten konnte, klingelte das Telefon auf seinem Schreibtisch. »Das ist die Spurensicherung«, sagte er überrascht und griff nach dem Hörer. »Ob die mit der Analyse der Karten bereits fertig sind?« Während er das Gespräch entgegennahm, schaute er seine Partnerin mit einer ungewöhnlichen Mischung aus Skepsis und Zuversicht an.

Obwohl Onno den Lautsprecher nicht aktiviert hatte, erkannte Theda die tiefe Stimme von Hauptkommissarin Evers. Sie stellte sich direkt neben ihren Partner, beugte sich leicht vor und hielt ihr Ohr von außen gegen den Hörer.

»Ich stelle Sie mal auf laut, damit meine Kollegin mithören kann«, sagte Onno, dem es irgendwie unangenehm war, Thedas Kopf so dicht neben seinem zu haben. Er legte den Hörer auf die Tischplatte und drückte einen der zahlreichen Knöpfe, die sich an seinem Telefon befanden.

Der Hauptkommissarin entfuhr lediglich ein zustimmendes Brummen, ehe sie direkt weitersprach: »Die Suche nach DNA-Spuren ist noch nicht ganz abgeschlossen. Zum Schreiben scheint der Täter tatsächlich eine Schablone benutzt zu haben. Darauf deuten auch einzelne Stellen hin, an denen die ansonsten glatte Schrift verwischt zu sein scheint. Wahrscheinlich hat er mit dem Handrücken ab und zu versehentlich über die noch feuchte Tinte gewischt, was wiederum unsere Annahme bestätigt, dass er einen billigen Werbekugelschreiber verwendet haben muss. Schablone und Stift scheinen Massenware zu sein, was uns natürlich nicht gerade hilft. Aber dennoch haben wir etwas sehr Interessantes entdeckt«, begann Evers ohne Umschweife zu berichten. »Zum Abschluss unserer Arbeit haben wir die Briefmarken gelöst, um die Rückseite auf Speichel zu untersuchen.«

»Darauf wäre ich nie gekommen.« Anerkennend schob Onno die Unterlippe vor. Da von Lisa Neumanns Mörder bisher weder online noch am Tatort Spuren gefunden worden waren, hatte er wenig Hoffnung, dass man auf den Postkarten dessen Fingerabdrücke finden würde. »Dass er auch beim Anlecken der Briefmarken seine DNA hinterlässt, hat unser Täter vielleicht nicht bedacht«, sagte er daher hoffnungsvoll.

»Darauf setzen wir auch. Ich habe zwar mal irgendwo gelesen, dass die EU das Befeuchten von Briefmarken mit der Zunge aus Infektionsschutzgründen verboten haben soll, aber das könnten auch Fake-News gewesen sein«, sagte Evers.

»Selbst wenn, bedeutet das ja noch lange nicht, dass unser Mörder diese Verordnung kannte«, blieb Onno positiv.

»Gibt es wirklich noch Briefmarken zum Anlecken?« Mit gerunzelter Stirn schaute Theda ihren Partner an. »Sind die nicht heutzutage alle selbstklebend?«

»Das habe ich zunächst auch gedacht«, dröhnte die tiefe Stimme der Hauptkommissarin aus dem Lautsprecher. »Aber bei allen verwendeten Postwertzeichen handelt es sich um das nassklebende Modell *Brief auf Umlaufbahn*. Es kann seit März des vergangenen Jahres käuflich erworben werden und ist zum Beispiel im Online-Shop der Deutschen Post als 10er-Bogen erhältlich.« Sie seufzte. »Aber das ist jetzt auch vollkommen unrelevant. Ich wollte Ihnen eigentlich nur mitteilen, dass wir unter fünf der sieben Briefmarken Buchstaben gefunden haben.«

Hat sie wirklich ›unrelevant‹ gesagt?, fragte Theda sich. *Im Café Pudding hat sie doch noch darauf bestanden, dass jedes Detail wichtig sein kann. Und da ging es nur darum, dass Erdbeeren keine Früchte sind.* Obwohl es ihr schwerfiel, schluckte sie den bissigen Kommentar herunter.

»Buchstaben?«, fragte Onno.

»Ganz genau. Sie wurden ebenfalls mit Schablone und Kugelschreiber geschrieben, ehe sie schließlich mit einer Briefmarke verdeckt wurden.«

»Also sind sie höchstwahrscheinlich auch vom Täter?«, fasste Onno nach.

Hauptkommissarin Evers bestätigte seinen Verdacht. »Chronologisch geordnet sind es die Buchstaben N, O, K, O, N.«

»Was bedeutet das?«, fragte Theda.

»Schätzchen«, begann Evers plötzlich zu säuseln. »Wir sind von der Spurensicherung. Wir finden also Spuren. Die Interpretation unserer Ergebnisse obliegt Ihnen. Irgendetwas müssen Sie ja auch machen.«

Ein bellendes Lachen dröhnte aus dem Lautsprecher an Thedas Ohr, und hätte Onno ihr nicht beschwichtigend seine Hand auf den Unterarm gelegt, hätte sie die arrogante Kollegin am liebsten verbal durch die Telefonleitung gezerrt. Stattdessen biss sie die Zähne zusammen, schluckte ihre Wut herunter und überließ ihrem besonneneren Partner das Reden. *Schätzchen*, hallte es in ihrem Kopf wider. Was glaubte die Alte, mit wem sie sprach?

»Wir machen uns gleich an die Arbeit«, gab Onno sich optimistisch, das Buchstabenrätsel lösen zu können.

»Und ich melde mich wieder, wenn uns das Ergebnis der DNA-Analyse vorliegt«, sagte Evers und beendete das Gespräch.

Während Onno den Hörer zurück auf seine angestammte Position legte, ging Theda zu dem großen Whiteboard, das an der Wand der Polizeiwache hing. Mit dem dazugehörigen Stift schrieb sie die Buchstaben auf, welche die Spurensicherung unter den Briefmarken zum Vorschein gebracht hatte. »N, O, K, O, N«, las sie laut vor. »Soll das ein Name sein?«

»Das glaube ich nicht.« Nachdenklich schüttelte Onno den Kopf. Er versuchte, sie rückwärts zu lesen, doch das Ergebnis war dasselbe.

»Ob das etwas zu bedeuten hat?«, fragte er seine Partnerin, nachdem er sie auf seine Entdeckung hingewiesen hatte.

»Ich denke vielmehr, dass man die Buchstaben anders anordnen muss.« Theda sortierte die Schriftzeichen in ihren Gedanken immer wieder neu, brachte dabei aber kein brauchbares Wort zustande. »Wenn dein Nachname mit K anfangen würde, ständest du jetzt ganz oben auf meiner Liste der Verdächtigen«, scherzte sie daher verlegen.

Erst jetzt bemerkte auch Onno, dass man aus vier der fünf Buchstaben seinen Vornamen formen konnte. Doch da er sich als Mörder definitiv ausschließen konnte, konzentrierte er sich sofort wieder darauf, das vor ihm liegende Rätsel zu lösen. »Ich weiß, wer uns vielleicht weiterhelfen kann.« Euphorisch sprang er plötzlich von seinem Stuhl auf. »Komm mit!«, sagte er und eilte zur Tür.

***

Nachdem sie zuvor erfolglos an einer Haustür geklingelt hatten, fanden sich die beiden Inselkommissare wenig später am Dünenübergang östlich des Hundestrandes wieder. Während am Hundestrand selbst Anleinpflicht herrschte, war dies einer der wenigen ausgewiesenen Freilaufbereiche am Inselstrand.

»Was wollen wir denn hier?«, fragte Theda, während sie ihren Blick über die weitläufige Fläche und die darauf herumtollenden Hunde streifen ließ.

Onno hob den Zeigefinger und suchte mit den Augen ebenfalls das Gelände ab. »Ich hatte gehofft, dass sie um diese Uhrzeit hier ist«, jubelte er plötzlich und ging energischen Schrittes auf seine soeben ausgemachte Zielperson zu.

Als sie näherkamen, erkannte Theda eine ältere Frau im rot-weißen Trainingsanzug und mit kurzen grauen Wuschelhaaren. In der Hand hielt sie einen Stock, den sie über die Schulter nach hinten reckte und mit aller Kraft von sich wegschleuderte. Die Oberkommissarin suchte den Strand nach dem Hund der Rentnerin ab, doch anstatt des erwarteten Vierbeiners entdeckte sie lediglich eine schwarz-weiße Katze, die dem Wurfstück in einem Affenzahn hinterherfetzte. Als sie dieses dann auch noch ins Maul nahm und zu seinem Frauchen zurückbrachte, blieb Theda vor Staunen der Mund offen stehen. »Wer ist das?«, fragte sie ihren Partner und war sich selbst nicht sicher, ob sie die ältere Dame oder ihr ungewöhnliches Haustier meinte.

»Das sind Aafke Brunken und ihr Kater Sherlock«, antwortete Onno. »Sie liebt Rätsel aller Art, und er denkt, er wäre ein Hund.«

»Herr Wachtmeister«, begrüßte die rüstige Rentnerin ihn genauso, wie sie es am gestrigen Morgen am Strand getan hatte. »Ich habe niemandem davon erzählt. Wirklich nicht.«

»Deswegen sind wir nicht hier«, entgegnete Onno und kramte ein zusammengefaltetes Stück Papier aus seiner Hosentasche. »Wir brauchen deine Fähigkeit als Rätsel-Königin.« Er hielt ihr den beschrifteten Zettel entgegen.

Neugierig faltete Aafke ihn auseinander.

»Hast du irgendeine Idee, was diese fünf Buchstaben bedeuten könnten?«

Aafke kniff die Augen zusammen, während sie auf die Notiz starrte. Dann schaute sie nachdenklich zum Himmel hinauf.

Sherlock saß derweil zu ihren Füßen und wartete geduldig.

Theda ging in die Hocke und streichelte den Kater, dessen Schwanz daraufhin heftig hin und her wedelte. Dann nahm sie den Stock, den das Tier direkt vor seinem Frauchen abgelegt hatte, und tat so, als ob sie ihn werfen würde.

Im Bruchteil einer Sekunde stand Sherlocks gesamter Körper unter Spannung. Aufmerksam verfolgte er jede noch so kleine Bewegung seiner neuen Spielkameradin.

»Du denkst wirklich, du wärst ein Hund, oder?« Theda lachte, holte aus und warf das Stöckchen, soweit sie nur konnte.

»Es könnte ein Name sein«, murmelte Aafke plötzlich vor sich hin.

»Ein Name wäre großartig«, jubelte Onno.

»Welcher denn?«, reagierte Theda skeptisch. Sie hatte alle möglichen Kombinationen ausprobiert, konnte aus den wenigen Buchstaben aber keinen Namen formen.

»Es könnte der alte ostfriesische Taufname Nonko sein.« Aafke sah skeptisch aus. »Aber ich habe ewig niemanden getroffen, der so heißt.«

***

Da Aafke Brunken keine weiteren Namen oder Worte einfielen, die sich aus den unter den Briefmarken versteckten Buchstaben formen ließen, machten die beiden Inselpolizisten sich erneut auf den Weg zu Sönke Neumann. Sie hofften zum einen, dass er und die Kinder mittlerweile wieder zu Hause waren, und zum anderen, dass er irgendjemanden kannte, der den ungewöhnlichen Vornamen Nonko trug.

Als Onno und Theda die Ferienwohnung erreichten, saß Lisas Exmann auf der Treppe vor der Eingangstür. Sein Gipsbein hatte er weit von sich gestreckt, und in der rechten Hand hielt er eine Zigarette.

»Sie rauchen?«, reagierte der Hauptkommissar überrascht, während er direkt vor ihm sein Dienstrad zum Stehen brachte.

»Eigentlich habe ich schon vor Jahren aufgehört«, sagte Sönke Neumann. »Aber die aktuellen Umstände …« Er beendete den Satz nicht, präsentierte den Beamten stattdessen aber seine zittrige Hand.

»Dürfen wir?« Onno zeigte auf den Platz neben ihm.

Sönke Neumann nickte. »Auch eine?« Er hielt zunächst dem Hauptkommissar und dann der Oberkommissarin die offene Zigarettenpackung entgegen. Doch beide schüttelten nur den Kopf.

»Wir haben Sie heute Mittag gesucht«, sagte Theda. »Wo waren Sie denn?«

»Die Kinder brauchten dringend eine Ablenkung«, antwortete er. »Darum bin ich mit ihnen in dieses komische Restaurant gegangen, in dem dieser vorlaute Papagei herumfliegt. Die beiden wollten da schon hin, als ihre Mutter noch nicht …« Anstatt weiterzusprechen, nahm er einen Zug von seiner Zigarette. »Zum Glück war außer uns niemand dort.«

»Das war sicher eine gute Entscheidung«, sagte Onno. Er wusste selber nicht, wie er sich und seine Kinder ablenken könnte, sollte seiner Jantje je etwas so Schreckliches passieren. Um diesen Gedanken nicht zu sehr zu vertiefen, fokussierte er sich gleich wieder auf die Ermittlungen. »Kennen Sie andere Männer, mit denen Ihre Exfrau zusammen gewesen ist?«

Die Augen des Befragten weiteten sich. »Haben Sie endlich einen Verdacht, wer meine Frau … ich meine Lisa ermordet haben könnte?«

»Wir ermitteln weiterhin in alle Richtungen«, wich Theda einer konkreten Antwort aus. »Sie und Ihre Frau sind zusammengekommen, als Sie noch Schüler waren. Kennen Sie zufällig Ihre Vorgänger? Oder gab es vielleicht auch während oder nach Ihrer Ehe andere Männer in Lisas Leben?«

Sönke Neumann überlegte. »Also mit vierzehn war sie ein paar Wochen mit einem Siebzehnjährigen zusammen. Der hieß Benjamin, wenn ich mich recht erinnere. Und als sie fünfzehn war, hatte sie eine zehnmonatige Beziehung mit ihrem Klassenkameraden Jan.« Er machte eine kurze Pause, in der er gedanklich in die Vergangenheit zu reisen schien. »Etwa ein Jahr danach sind wir dann ja schon zusammengekommen.«

»Mehr waren es nicht?«, gab Theda sich enttäuscht. Auch wenn es unwahrscheinlich war, hatte sie doch gehofft, dass es in Lisas Leben auch einen Mann namens Nonko gegeben hatte. »Kennen Sie vielleicht ...«

»Drei Tage bevor sie mich kennengelernt hat, hat sie auf einer Feier mit einem Jungen aus meinem Jahrgang rumgeknutscht«, fiel Sönke Neumann ihr ins Wort. »Aber soweit ich weiß, waren sie und Nonko niemals wirklich zusammen.«

11. Kapitel

Rückblick: Zwei Monate zuvor

»MAMA, MAMA, wach auf! Wir haben verschlafen!«

Die verzweifelten Worte ihrer Tochter Samira rissen Lisa Neumann aus einem erotischen Traum, in dem sie sich gerade mit ihrem unbekannten Postkarten-Verehrer am Strand geliebt hatte. Hektisch schaute sie auf ihren Radiowecker und stellte erschrocken fest, dass sie vergessen hatte den Alarm zu aktivieren. Normalerweise hatte sie für die morgendliche Routine vierzig Minuten eingeplant, jetzt blieb ihr nur noch eine Viertelstunde, um ihre Töchter pünktlich aus der Wohnung zu bekommen.

Sie schwang ihre Beine aus dem Bett, schubste Samira Richtung Schlafzimmertür und erteilte ihrer Ältesten dabei erste Anweisungen. »Ab ins Bad! Waschen, anziehen, Zähne putzen! Du hast sieben Minuten!«

»Und was ist mit Frühstück?«, protestierte Samira.

»Ich mache euch schnell etwas, was ihr auf dem Weg zur Schule essen könnt.«

Während Samira im Badezimmer verschwand, öffnete Lisa die Zimmertür ihrer Jüngeren. Mia war ein wahrer Morgenmuffel und brauchte nach dem Aufstehen eigentlich immer lange, um in die Gänge zu kommen. Doch diese Zeit hatte sie heute nicht. »Mia, Schätzchen.« Sie ruckelte sanft an der Schulter ihrer schlafenden Tochter. »Mia«, wiederholte sie ihren Namen. »Du musst aufstehen. Wir haben verschlafen.«

Mia blinzelte ihre Mutter müde an. »Noch zehn Minuten«, bat sie – wie jeden Morgen – um eine kleine Verlängerung ihrer Bettzeit.

»Die haben wir leider nicht mehr«, sagte Lisa bedauernd, wobei sie genau wusste, dass aus Mias zehn Minuten auch schnell mal fünfzehn bis zwanzig werden konnten. »Du kannst noch fünf Minuten liegen bleiben, musst dich dann aber auch wahnsinnig im Bad beeilen. Schaffst du das?«

Mia brummte zustimmend, klang aber nicht so, als ob sie richtig zugehört, geschweige denn verstanden hätte, was ihre Mutter ihr mitteilen wollte.

In Anbetracht der Lage entschied Lisa sich daher, zu drastischen Mitteln zu greifen. »Ich muss jetzt in die Küche, um euer Frühstück und die Pausenbrote vorzubereiten.« Mit einem Wort aktivierte sie den Sprachassistenten, der auf dem Schreibtisch des Kinderzimmers stand. »Stelle einen Wecker auf fünf Minuten!« Dann deaktivierte sie das Mikrofon des Gerätes, sodass Mia den Alarm nicht vom Bett aus mittels einfachem Sprachbefehl wieder ausschalten konnte. Ihre einzige Chance, den schrillen Piepton wieder zu deaktivieren, bestand also darin, aufzustehen und die Stummschaltung wieder aufzuheben.

Zwanzig Minuten später – und damit fünf Minuten nach der üblichen Zeit – presste Lisa ihren Töchtern jeweils eine Banane und einen Schokoriegel in die Hand. »Ihr müsst heute doppelt so schnell laufen wie sonst«, sagte sie und schubste die beiden aus der Tür.

»Und dabei sollen wir auch noch essen?«, maulte Samira, während Mia einfach nur glücklich schien, einen Schokoriegel zum Frühstück bekommen zu haben.

Kaum hatte Lisa die Tür wieder hinter sich geschlossen, ging sie zurück ins Schlafzimmer. Ihr Herz pochte, doch daran war nicht nur die Hektik der vergangenen Minuten schuld. Auch ihr erotischer Traum wollte sie einfach nicht zur Ruhe kommen lassen. Sie nahm den roten Schuhkarton vom Kleiderschrank und hob den Deckel ab. Dann las sie erneut die Postkarte, die sie am Vortag in ihrem Briefkasten gefunden hatte.

Die Zeit ohne dich ist ein wahrer Graus,
lange halte ich das nicht mehr aus.
An deinem Geburtstag muss ich dich endlich wiedersehen
und deinen Körper mit Küssen übersäen.

Lisa legte die Karte auf dem Nachttisch ab. Sie hatte mittlerweile einen neuen Verdacht, wer der unbekannte Schreiberling war, und hoffte sehr, dass er sie in ungefähr zwei Monaten endlich wieder in seine starken Arme schließen würde. Doch in ihrer Fantasie musste sie ihn hier und jetzt schon haben. Darum nahm sie ihren Vibrator, den sie schon zu Ehezeiten in dem roten Schuhkarton versteckt gehalten hatte, zur Hand, kroch zurück unter ihre kuschelige Bettdecke, schloss die Augen und reiste in ihrer Fantasie an genau die Stelle ihres Traumes zurück, an der sie von ihrer Tochter unterbrochen worden war.

Sonntag

Nachdem die beiden Inselkommissare von Sönke Neumann noch ein paar Details über seinen ehemaligen Mitschüler Nonko sowie deren gemeinsame Schulzeit erhalten hatten, verabschiedeten sie sich und fuhren, so schnell sie konnten, zur Polizeiwache zurück.

»Wir müssen herausfinden, wer dieser Nonko genau ist, wo er heute lebt und ob er in der Nacht von Freitag auf Samstag auf Wangerooge gewesen ist«, sagte Theda.

»Ich rufe gleich mal die Kollegen auf dem Festland an. Die sollen nochmal Lisas Handy und PC checken. Vielleicht finden sich ja Nachrichten von diesem Nonko.« Onno griff zum Hörer und wählte die Nummer. Doch noch ehe er seine Bitte loswerden konnte, erhielt er einige neue Informationen, die mittlerweile aus der Analyse der Postkarten vorlagen.

Demnach waren auf den Karten nur wenige Fingerabdrücke gefunden worden, die ausnahmslos Lisa Neumann, einer ihrer Töchter oder aber dem jeweiligen Postmitarbeiter zuzuordnen waren. Da das Alibi von Deeke Oltmanns von der Bremer Prostituierten Olga aber inzwischen untermauert worden war, kam dieser als Täter nicht mehr in Betracht.

Auffällig war gemäß der Spurensicherung in dieser Hinsicht aber vor allem die letzte Postkarte gewesen, da auf ihr ausschließlich die Fingerabdrücke von Lisa Neumann gefunden worden waren. Dies bestätigte den Verdacht der Ermittler, dass der vorausschauende Mörder diese selbst bei seinem späteren Opfer eingeworfen haben musste.

Theda erinnerte sich daran, dass ihre alten Kollegen überprüfen wollten, ob einer der Männer, mit denen Lisa sich vermeintlich unverbindlich via Internet geschrieben hatte, zufälligerweise zur Tatzeit auf Wangerooge gewesen war. Sie stupste ihrem Partner in die Seite und hielt ihm einen kleinen Zettel hin, auf dem sie genau dies notiert hatte.

Onno verstand sofort, worauf seine neue Partnerin hinauswollte. »Habt ihr schon alle Männer überprüfen können, mit denen das Opfer in Kontakt stand?«, fragte er daher den Kollegen am anderen Ende der Leitung, während er gleichzeitig die Lautsprecher-Funktion aktivierte.

»Bisher war noch keiner dabei, der Freitag oder Samstag auf Wangerooge gewesen ist«, quäkte eine männliche Stimme aus dem Hörer, die Theda sofort als die von Hauptkommissar Schneider wiedererkannte. Da sie mit diesem auf der letzten Weihnachtsfeier volltrunken rumgeknutscht hatte, hielt sie sich mit Nachfragen lieber zurück. »Aber es stehen noch ein paar Kandidaten aus«, berichtete der Kollege weiter.

»Ist unter den Ausstehenden zufällig auch ein Nonko?«, wollte Onno wissen.

Ein verdutzter Laut kam aus dem Lautsprecher. »Ja, woher weißt du das?«

Onno erzählte seinem Kollegen, dass die Buchstaben, die sich unter den Briefmarken befanden, sich zu eben diesem ungewöhnlichen Namen formen ließen. »Ihr müsst den sofort ausfindig machen und überprüfen, ob er für die Tatzeit ein Alibi hat!«, forderte er ihn energisch auf.

Nachdem Onno das Telefonat beendet hatte, schaute er Theda schweigend an. »Ich glaube, wir haben ihn«, sagte er erleichtert und dachte dabei an die Achtundvierzig-Stunden-Regel, wonach es deutlich unwahrscheinlicher war, einen Mörder nach dieser Zeit noch zu fassen. »Was hältst du davon, wenn wir nach dem ganzen Stress eine kleine Patrouille am Strand machen und uns dabei ein Eis gönnen?«

Wenig später reihten sich die beiden Inselkommissare in die lange Schlange ein, die sich vor dem *Bistro am Strand* an der oberen Strandpromenade, direkt neben dem *Café Pudding*, gebildet hatte.

»In diesem Familienbetrieb wird das Eis seit über vierzig Jahren jeden Morgen frisch hergestellt«, sagte Onno. »Jeden Tag gibt es wechselnde Sorten, aber ich empfehle dir heute mit Joghurt-Sanddorn zu starten. Als zukünftige Insulanerin solltest du dich langsam an den Geschmack der orangenen Frucht gewöhnen, die du in unseren Dünen überall sehen kannst. Und wenn du mal nicht im Dienst bist, solltest du in *Digger's Strandbar* unbedingt mal einen Sanddorn-Gin probieren.«

»Onno, bist du das?«, mischte sich plötzlich ein junger Mann in das Gespräch der beiden Polizisten ein.

Seine kurzen schwarzen Haare, seine auffällig braunen Augen sowie die durchtrainierten Oberarme, die die Ärmel seines Polo-Hemdes unter Spannung setzten, gefielen Theda sofort. Anhand seiner Hautfarbe glaubte sie zu wissen, dass seine beiden Elternteile aus verschiedenen Kulturen stammen mussten. Gleichzeitig bemerkte sie aber auch die Frau an seiner Seite. Sie trug schulterlange blonde Haare mit Undercut und hatte unglaublich grüne Augen.

»Christopher, das gibt es ja nicht. Das ist ja eine Ewigkeit her. Was machst du denn hier?« Onno umarmte ihn kurz, löste sich wieder und deutete mit beiden Händen auf dessen Begleitung. »Und wer ist die charmante Dame an deiner Seite?«

»Ich bin Manuela, seine Frau«, lachte diese und reichte zunächst dem Hauptkommissar und dann seiner Kollegin die Hand.

Theda nutzte die Gelegenheit, sich ebenfalls kurz vorzustellen. »Woher kennt ihr euch?«, fragte sie die beiden Männer.

»Christopher ist auch Polizist.« Onno freute sich wirklich, seinen ehemaligen Kollegen nach so langer Zeit wiederzusehen.

»Ich war Polizist«, fiel der ihm jedoch gleich ins Wort.

»Du hast gekündigt?« Ungläubig starrte Onno ihn an. »Warum?«

Christopher winkte ab. »Lange Geschichte. Erzähle ich dir ein anderes Mal. Und du? Warum bist du nicht mehr in Hannover?«

Onno seufzte. »Eine ebenso lange Geschichte. Wir müssen uns unbedingt mal treffen, wenn ich nicht gerade im Dienst bin.«

»Das nennt ihr also Dienst«, lachte Manuela mit Blick auf die vor ihnen liegende Eisdiele. »Vielleicht sollte ich Christopher auch wieder zur Polizei schicken.«

»Es sieht vielleicht nicht so aus, aber wir haben gerade wahrscheinlich einen wirklich kniffligen Fall gelöst und gönnen uns jetzt nur eine kleine Belohnung«, erklärte Theda.

Mit gesenkter Stimme wandte Christopher sich an seinen ehemaligen Kollegen. »Ich habe schon davon gehört, dass gestern am Ostende der Insel eine Leiche gefunden wurde.«

Mit Blick auf die Touristen, die vor und hinter ihnen ebenfalls auf ihr Eis warteten, legte der Hauptkommissar seinen Zeigefinger vor die Lippen. »Wenn ihr Zeit und Lust habt, müsst ihr unbedingt heute Abend zu Jantje und mir nach Hause kommen. Dann können wir in aller Ruhe über alte Zeiten und aktuelle Ermittlungen quatschen.«

Christopher tauschte einen fragenden Blick mit seiner Frau, dann stimmte er der Einladung zu. »Wir kommen sehr gerne«, sagte er.

***

Nachdem die beiden Inselkommissare sich von Christopher und seiner Frau verabschiedet hatten, gingen sie an der unteren Promenade entlang und schleckten ihr Eis.

Als Onno gerade die erste Kugel verdrückt hatte, klingelte sein Diensthandy. Als er auf dem Display las, dass die Kollegen vom Festland ihn erreichen wollten, nahm er das Gespräch aufgeregt entgegen. »Und, was habe ich gesagt? Er war zur Tatzeit auf der Insel, oder?«, kam er ohne Umschweife zum Punkt. Doch nachdem sein Gesprächspartner ihm mitgeteilt hatte, dass der Gesuchte sich noch immer auf Wangerooge befand, beendete Onno das Telefonat sofort und warf die restliche Eiswaffel in den nächsten Mülleimer. »Wir müssen sofort zum Flughafen!«, sagte er aufgeregt zu seiner Kollegin, nahm die Beine in die Hand und rannte zu der Stelle zurück, an der sie ihre Räder abgestellt hatten.

Während sie so schnell wie möglich zum Flugplatz radelten, klärte Onno seine Partnerin über die neuen Erkenntnisse auf. »Die Kollegen haben in Leer nur Nonkos Lebensgefährtin angetroffen. Sie versorgt wohl seine Katze, während er auf Wangerooge ist. Zu ihr hat er gesagt, dass er heute mit der letzten Linienmaschine zurück aufs Festland fliegen will.«

»Es gibt Linienflüge nach Wangerooge?«, fragte Theda ungläubig und leicht aus der Puste.

»Bis zu neun Stück am Tag. Dachtest du etwa, wir sind hier Gefangene der Tide und der daraus resultierenden Fährzeiten?«

»Findest du es nicht auch merkwürdig, dass er so lange nach der Tat noch hiergeblieben ist? Ich an seiner Stelle hätte mich ja so schnell wie möglich aus dem Staub gemacht.«

»Vielleicht hat er aber auch gedacht, dass das besonders auffällig gewesen wäre. Immerhin muss er ja auch schon seit mindestens Donnerstag hier sein«, erinnerte Onno sie an die letzte Postkarte, die aufgrund der nicht abgestempelten Briefmarke sowie der fehlenden Fingerabdrücke höchstwahrscheinlich von ihm persönlich zugestellt worden sein musste.

Als sie den Flugplatz erreicht hatten, sprinteten sie in das Gebäude, in dem die Fluggäste auf ihren Flieger warteten.

»NONKO BEHRENDS?«, rief Hauptkommissar Renken laut. Sofort waren alle Augen auf ihn und seine uniformierte Begleiterin gerichtet. »NONKO BEHRENDS?«, wiederholte er, während er sich dabei um die eigene Achse drehte und in die Gesichter der Anwesenden schaute.

Einer der Wartenden reckte die Hand in die Höhe. Er war groß, sportlich und konnte allgemein als überdurchschnittlich attraktiv beschrieben werden. Sein kantiges Gesicht wurde von einem Kurzhaarschnitt und einem gepflegten Dreitagebart umrahmt. »Ich bin Nonko Behrends«, sagte er und ging auf die beiden Beamten zu.

Theda war sofort aufgefallen, dass er überhaupt nicht beunruhigt zu sein schien. *Entweder ist er ein wahnsinnig guter Schauspieler oder wir sind doch dem Falschen auf der Spur*, schoss es ihr durch den Kopf.

»Was gibt es denn? Mein Flieger geht gleich.«

»Keine Sorge, darum kümmere ich mich«, beruhigte Hauptkommissar Renken den Verdächtigen. Auch wenn er eigentlich nicht davon ausging, dass er Nonko Behrends gleich einfach davonfliegen lassen konnte, wies er einen der Flughafenmitarbeiter an, für die Verzögerung des Abfluges zu sorgen. »Kennen Sie Lisa Neumann?«, wandte er sich danach direkt an den neuen Hauptverdächtigen.

»Lisa?« Verdutzt schaute Nonko Behrends die beiden Polizisten an. »Wir sind zusammen zur Schule gegangen. Wir hatten ab und zu noch Kontakt, aber eher sporadisch. Was ist mit ihr?«

»Sie ist vorgestern hier auf der Insel ermordet worden«, warf Onno ihm direkt die grausame Wahrheit an den Kopf. Er wollte sehen, wie der Verdächtige auf diese direkte Konfrontation reagieren würde.

»Die Tote am Strand? Das war Lisa?« Fassungslos schaute Nonko Behrends die Beamten an. »Das ist ja schrecklich.« Wie bei einem Tennisspiel huschten seine Augen zwischen den beiden Polizisten hin und her, die ihn jedoch nur schweigend beobachteten. »Aber was habe ich damit zu tun?«

»Wo waren Sie in der Nacht von Freitag auf Samstag?«, fragte Theda.

»Ich war mit meinem Teleskop am Strand, um die Sterne zu beobachten.«

»An welchem Strand?«, fasste Hauptkommissar Renken nach.

»Irgendwo zwischen *Westturm* und Fähranleger, wieso?«

Das ist genau auf der anderen Seite von Wangerooge, dachte Onno. *Ob er uns damit in die Irre führen will?* »Gibt es dafür Zeugen?«

»Nein. Ich bin ganz alleine auf die Insel gekommen. Ich wollte mir hier nachts in Ruhe die Sterne ansehen. Unter hiesigen Hobbyastronomen sind die abgelegenen Strände der Ostfriesischen Inseln ein Hotspot. Ich habe diesen Ausflug schon vor Monaten geplant.«

»Sie sagten, Sie hätten zu Frau Neumann nach der Schulzeit nur noch sporadisch Kontakt gehabt. Können Sie das bitte konkretisieren?«, bat Theda den Verdächtigen.

»Wir haben uns ab und zu mal eine E-Mail geschrieben. Sie ist ja noch während ihrer Schulzeit mit ihrem damaligen Mann nach Nordrhein-Westfalen gezogen. Sie war schwanger und hat deshalb auch ihr Abitur nicht zu Ende gemacht.«

»Sie wissen also, dass Frau Neumann geschieden ist?«, fragte Hauptkommissar Renken nach.

Nonko Behrends nickte.

»Wann hatten Sie das letzte Mal Kontakt zu der Ermordeten?«, wollte Oberkommissarin Saathoff wissen.

»Vor ungefähr zwei Monaten fing sie plötzlich wieder an, mir Nachrichten zu schicken.«

»Plötzlich?«, fasste Onno nach.

»Ja, wir hatten vorher länger nicht miteinander geschrieben.«

»Ist Ihnen an diesen Nachrichten irgendetwas aufgefallen?«, fragte Theda.

Der Verdächtige überlegte kurz. »Wie gesagt, es war recht unerwartet, dass sie mir auf einmal wieder geschrieben hat. Außerdem hat sie sich auffällig oft auf ihren dreißigsten Geburtstag gefreut.« Seine Augen verengten sich zu schmalen Schlitzen. »Daher weht also der Wind. Hat Sönke Ihnen etwa von unserem One-Night-Stand und unserem gegenseitigen Versprechen erzählt?«

12. Kapitel

*****Sonntag*****

»Erzählen Sie uns doch einfach Ihre Version.« Onno tat bewusst so, als könnte er bereits wissen, was ihr Verdächtiger mit dem One-Night-Stand und dem angedeuteten Versprechen meinte.

Nonko Behrends holte tief Luft und ließ diese anschließend geräuschvoll wieder entweichen. »Als Lisa noch mit Sönke verheiratet war, kam es im Rahmen eines Klassentreffens zu einem einmaligen Ausrutscher.«

»Klassentreffen?«, fragte Oberkommissarin Saathoff skeptisch nach. »Ich dachte, Sie und Lisa waren nicht im gleichen Jahrgang.« Dann fiel ihr ein, dass Sönke Neumann und der Verdächtige die gleiche Jahrgangsstufe besucht hatten. »Ist das etwa auf dem gemeinsamen Klassentreffen von Ihnen und Herrn Neumann passiert?« Leicht schockiert verzog sie das Gesicht. Sie mochte sich nicht vorstellen, wie die Ermordete ihren Ehemann in dessen Gegenwart mit ihrem zukünftigen Mörder betrogen hatte.

»Nein, für wen halten Sie mich denn?«, protestierte der Verdächtige. »Lisa war allein zu ihrem Klassentreffen gekommen und ich war in Begleitung meiner damaligen Freundin dort, die zufälligerweise eine Klassenkameradin von Lisa war.«

Was ja nun auch nicht gerade besser ist, dachte Theda.

Nonko Behrends bemerkte den abschätzigen Blick der Polizeibeamtin und erklärte sich weiter. »Meine damalige Freundin und ich haben uns an diesem Abend so sehr gestritten, dass wir uns getrennt haben und sie allein nach Hause gefahren ist. Als ich an der Haltestelle auf den nächsten Bus gewartet habe, tauchte plötzlich Lisa auf. Dann führte eins zum anderen.« Er zuckte mit den Schultern, als habe er überhaupt nichts dagegen unternehmen können, dass er im Anschluss mit der verheirateten Frau im Bett gelandet war.

»Und wie kam es dann Ihrer Meinung nach zu der Vereinbarung zwischen Ihnen und Sönke Neumann?«, wechselte Onno zu dem weiteren Aspekt seiner Aussage.

»Das müssen Sie missverstanden haben. Zwischen Sönke und mir gab es keine Vereinbarung«, stellte der Verdächtige richtig.

Innerlich fluchte Hauptkommissar Renken über seinen Fehler. Jetzt konnte er nicht mehr so tun, als würde er die Version der Verabredung bereits kennen. Ein Ass, das er nur ungern aus der Hand gab.

»Lisa war schon während unserer Schulzeit total in mich verschossen. Kurz bevor sie mit Sönke zusammengekommen ist, haben wir mal miteinander rumgemacht. Schon damals hat sie mir etwas von der großen Liebe erzählt.« Wieder zuckte er die Achseln. »Aber sie war nie mein Typ. Damals nicht und auch nicht, als wir nach dem Klassentreffen miteinander geschlafen haben. Sie hat mir hinterher erzählt, wie unglücklich sie in ihrer Ehe sei und dass sie mich nie wirklich aus dem Kopf bekommen habe. Ich wollte ihre Gefühle nicht verletzen und habe ihr damals gesagt, dass ich keine Beziehung möchte. Dann habe ich ihr dummerweise versprochen, dass wir es ja miteinander versuchen könnten, wenn wir beide irgendwann über dreißig und Single wären.«

»Aber Single sind Sie keiner mehr.« Theda dachte an die Lebensgefährtin, die in Leer die Katze hütete, während ihr Partner auf Wangerooge andere Frauen umbrachte.

»Nein«, antwortete der Verdächtige. »Ich lebe seit sechs Monaten in einer glücklichen Beziehung.«

Sechs Monate, hallten seine Worte durch Onnos Kopf. *Genau zu dieser Zeit landete auch die erste Postkarte in Lisa Neumanns Briefkasten. Ob Nonkos neue Partnerin von dem Deal erfahren und ihn als Bedrohung für ihre junge Liebe empfunden hat? Könnte sie seinen lang geplanten Ausflug nach Wangerooge als Zeichen dafür gedeutet haben, dass ihr Freund und sein ehemaliger One-Night-Stand sich hier gemeinsam an ihr Versprechen erinnern wollten?*

Doch während ihr Partner schon die nächste Verdächtige im Visier hatte, wollte Theda den vor ihr stehenden Mann noch nicht vom Haken lassen. »Wann sind Sie auf die Insel gekommen?«

»Ich bin am Freitagnachmittag mit dem Flieger angereist.«

»Das glaube ich Ihnen nicht!« Energisch verschränkte die Oberkommissarin die Arme vor der Brust, während sie die Mimik ihres Verdächtigen studierte.

Ungläubig schaute dieser die vor ihm stehende Beamtin an. »Wie … wie meinen Sie das?«, begann er vor Unsicherheit zu stottern.

»Meine Kollegin und ich denken, dass Sie schon einige Tage früher auf Wangerooge gewesen sind«, sprang Onno ihr zur Seite.

»Das … das wäre ich gerne gewesen«, fand Nonko Behrends langsam zu seiner flüssigen Sprache zurück. »Aber mein Chef hat mich gezwungen für einen kranken Kollegen zu einer Messe nach Bayern zu fahren.«

Die beiden Inselkommissare tauschten einen fragenden Blick.

»Gibt es dafür Beweise?«

»Klar gibt es die!« Seine Stimme klang hörbar erleichtert. »Sogar einige hundert. Sie müssen nur die ganzen Messebesucher fragen, mit denen ich mich von Montag bis Donnerstag unterhalten habe.«

***

Das Alibi von Nonko Behrends ließ sich schnell überprüfen, sodass er zumindest als der Überbringer der letzten Postkarte ausfiel. Onno und Theda fragten sich kurz, ob er den Mord gemeinsam mit seiner neuen Partnerin geplant haben könnte. Hatte sie vielleicht an seiner Stelle die letzte Karte eingeworfen und war danach wieder zurück aufs Festland gefahren?

Doch letztendlich war ihnen diese Theorie viel zu abwegig. Realistischer fanden sie die Annahme, dass Nonko entweder einen anderen Komplizen hatte oder aber dass ihm jemand die Tat in die Schuhe schieben wollte.

Die Inselpolizisten kontaktierten daraufhin das Gymnasium in Leer und fanden so heraus, dass Sönke Neumann und Nonko Behrends nicht nur in einer Jahrgangsstufe gewesen waren, sondern auch viele gemeinsame Kurse gehabt hatten. Lisas Exmann schlossen sie zwar wegen seines Gipsbeines als Mörder aus, aber als Überbringer der letzten Postkarte konnten sie ihn sich durchaus vorstellen.

»Er war am Donnerstag auf jeden Fall schon auf der Insel«, sagte Theda, nachdem Onno diese neue Tätertheorie zum ersten Mal laut ausgesprochen hatte. »Aber warum sollten ausgerechnet die beiden über Monate hinweg Lisas Mord geplant haben?«

Onno überlegte laut. »Vielleicht war unsere Tote zu Lebzeiten eine Art Stalkerin. Sie könnte ihrem Dauerschwarm das Leben zur Hölle gemacht haben, nachdem sie erfahren hat, dass er eine neue Lebensgefährtin hat.«

»Die Erkenntnis, dass sie und Nonko zu ihrem dreißigsten Geburtstag doch kein Paar werden, könnte Lisa Neumann aus der Bahn geworfen haben«, stimmte Theda ihm zu. Sie dachte an die letzten Postkarten, bei denen genau dieser Geburtstag erwähnt wurde. »Aber mal angenommen, unser Hauptverdächtiger wollte seine Stalkerin ein für alle Mal loswerden. Warum hat er sich dafür ausgerechnet mit ihrem Exmann zusammengetan? Zumal Nonko, während die Ehe noch bestand, mit dessen Frau geschlafen hat.«

»Vielleicht sind die beiden bessere Freunde, als wir bisher dachten. Vielleicht wollte Sönke Neumann sich an seiner Exfrau für die Trennung oder den Entzug seiner Kinder rächen.«

»Entzug? Er durfte seine Töchter doch sehen.«

»Das schon«, sagte Onno. »Aber Wangerooge ist nicht gerade um die Ecke. Der persönliche Kontakt war nach dem Wegzug von Lisa natürlich deutlich schwieriger, als wäre sie einfach mit den beiden in Essen geblieben.«

Theda kaute nachdenklich auf ihrer Unterlippe herum. »Aber wenn die beiden wirklich unter einer Decke stecken, warum haben sie dann die Buchstaben unter die Briefmarken geschrieben?«

Onno massierte sich mit der rechten Hand die behaarte Kinnpartie. »Sönke Neumann könnte sich so gleichzeitig an beiden gerächt haben. An Lisa für die ungewollte Scheidung und den Entzug der Kinder und an Nonko für den One-Night-Stand und dafür, dass seine Frau insgeheim immer nur ihn gewollt hat.«

»Und da er beim Kartenschreiben keinerlei Spuren hinterlassen hat, wird es mit Sicherheit auch keine schriftlichen Absprachen zwischen ihm und Nonko geben«, war Theda sich sicher. »Er wird daher problemlos abstreiten können, mit dem eigentlichen Mörder unter einer Decke zu stecken.«

»Ich lasse das sofort von den Kollegen checken. Vielleicht hast du mit deiner Vermutung ja unrecht und zwischen den beiden fand zuletzt doch ein reger Schriftverkehr statt.« Onno griff erneut zum Telefon und kontaktierte die IT-Spezialisten in Wilhelmshaven.

***

Gegen 19:00 Uhr trafen Manuela und Christopher zeitgleich mit Theda bei Onno ein. Der Hauptkommissar bat seine Gäste herein und geleitete sie in die Küche. Jantje hatte sich mal wieder selbst übertroffen und neben Brot und Aufstrich noch ein paar Tacos mit veganem Hackfleisch sowie Ofenkartoffeln mit Sauerrahm zubereitet.

Alle ließen sich die Köstlichkeiten schmecken und unterhielten sich dabei, als würde man sich schon seit Ewigkeiten kennen. Erst als Emma und Finn aufgestanden und in ihren Zimmern verschwunden waren, kamen nach und nach auch die ernsteren Themen auf den Tisch.

»Und ihr macht also Urlaub auf Wangerooge?«, wandte Jantje sich an Manuela und Christopher.

Manuela nickte. »Es ist ein Geschenk von …« Sie musste schlucken, da ihr beim Sprechen etwas im Hals stecken geblieben war. »Sorry«, entschuldigte sie sich und nahm einen Schluck Wasser. »Die Reise ist ein Geschenk von einem guten Freund. Wir sind eine ganze Woche hier«, sagte sie schließlich.

Die langjährigen Insulaner gaben den Urlaubern ein paar Tipps, was man ihrer Meinung nach auf Wangerooge unbedingt gesehen haben musste.

»Warum hast du denn jetzt den Polizeijob an den Nagel gehängt?«, wollte Onno von seinem Gast wissen.

Christopher schluckte den letzten Bissen des Tacos herunter. »Dafür gibt es mehrere Gründe«, antwortete er zunächst ausweichend. Es fiel ihm immer noch schwer, über die psychischen Probleme zu sprechen, die er während seiner Dienstzeit erlitten hatte. »Auf jeden Fall musste ich mir Anfang letzten Jahres endlich eingestehen, dass der Polizeijob für mich und …«, er schaute seine Frau an, »… meine Familie einfach nicht der richtige ist. Die Entscheidung ist mir nicht leichtgefallen, aber zum Glück habe ich direkt im Anschluss eine neue Tätigkeit aufgenommen, die mir wahnsinnig viel Spaß macht.«

»Was machst du denn jetzt?«, war Theda neugierig. Sie konnte sich nicht vorstellen, wofür man den aus ihrer Sicht besten Job der Welt aufgeben sollte.

»Ich bin jetzt bei einem aufstrebenden Start-up in Wilhelmshaven angestellt. Wir helfen anderen Unternehmen dabei, ihre Lieferketten nachhaltiger und sozialer zu gestalten. Da ich neben Englisch auch Spanisch und Französisch sprechen kann, bin ich Kontaktperson für die Hersteller und Agrarbetriebe aus den diversen Schwellenländern.«

»Das klingt nach einer spannenden und wichtigen Aufgabe«, sagte Theda. »Trotzdem würde ich für nichts auf der Welt meine Beamtenkarriere bei der Polizei riskieren.«

»Ich hingegen kann dich gut verstehen«, pflichtete Onno Christopher bei. »Wegen der täglichen Gefahren des Jobs habe ich mich von Hannover hierher versetzen lassen.« Er berichtete davon, wie er bei einem Banküberfall beinahe angeschossen worden war. »Während man in der Großstadt meistens das Gefühl hatte, gegen Windmühlen zu kämpfen, treffe ich hier auf Wangerooge oft auf Verständnis, wenn ich überhaupt mal ernsthaft eingreifen muss.«

Thedas Mund verzog sich zu einem schmallippigen Lächeln. »Ich würde gerne in einer Großstadt arbeiten.«

Onno und Christopher tauschten einen vielsagenden Blick. Beide hatten einmal ähnlich gedacht und wussten, dass es nichts brachte, der ambitionierten Oberkommissarin ihre Karrierepläne auszureden. Auch sie würde eines Tages wahrscheinlich an den Punkt kommen, an dem sie ihre Meinung revidieren würde.

»Und was machst du beruflich?«, wandte Jantje sich an Manuela. Sie spürte, dass plötzlich eine angespannte Stille am Tisch herrschte, und versuchte, durch einen Themenwechsel die vorherige Leichtigkeit wieder herzustellen.

»Ich bin seit Kurzem freiberufliche Sprecherin für Hörbücher.« Da ihr Beruf auf allgemeines Interesse und viele Nachfragen stieß, berichtete Manuela von ihren ersten Projekten, die sie in den vergangenen Monaten für diverse Autoren umsetzen durfte. »Aktuell spreche ich einen Ostfrieslandkrimi für den Krimens-Verlag ein, aber da ich mich zeitgleich auch sehr intensiv auf meine neue Hauptaufgabe …«, ihr Gesicht erstrahlte förmlich und sie legte eine Hand auf ihren Bauch, »… vorbereite, wird es wohl noch etwas dauern, bis die Geschichte veröffentlicht werden kann.«

»Ich habe mir schon gedacht, dass du schwanger bist. Herzlichen Glückwunsch!« Auch Jantjes Augen leuchteten jetzt, da jede Schwangerschaft sie an die magische Zeit erinnerte, als Emma und Finn noch in ihrem Bauch waren. Die kleine Wölbung unter Manuelas Top war ihr sofort aufgefallen, aber aus Sorge, sie habe sich nur ein wenig von ihrer Ideallinie entfernt, hatte sie nichts sagen wollen. »In welcher Woche bist du denn?«

»Ich bin erst in der zwanzigsten Woche.«

Während die beiden Frauen sich intensiv über Vorfreude und Beschwerlichkeiten einer Schwangerschaft austauschten, blieb Theda nur die Rolle als stille Zuhörerin. Sie konnte sich aktuell überhaupt nicht vorstellen, dass ihr Bedürfnis nach Partys und Karriere je mit einem Kinderwunsch vereinbar war.

»Du musst unbedingt so einen Babybauchgips machen«, schwärmte Jantje plötzlich. »Glaub mir, wenn deine letzte Geburt erstmal ein paar Jahre her ist, kannst du dir ansonsten gar nicht mehr vorstellen, mit was für einer beeindruckenden Kugel du mal durch die Gegend gelaufen bist.« Sie stand auf und kam kurz darauf mit einem riesigen Gipsabdruck ihres Oberkörpers zurück. »Damals war ich das erste Mal schwanger«, sagte sie und zeigte auf die Stelle, auf der Baby Emma ihre Hand- und Fußabdrücke verewigt hatte.

»Das machen wir auf jeden Fall auch, oder?« Verliebt schaute Manuela ihren Mann an. »Aber zunächst muss der hier …«, voller Stolz rieb sie mit beiden Händen über ihren Bauch, »… noch ein wenig wachsen.«

Während am Tisch nur noch über Babys und Schwangerschaften gesprochen wurde, fiel Theda auf, dass ihr Partner plötzlich auffällig ruhig und abwesend wirkte. Sie beugte sich zu ihm und fragte ihn leise, ob er auch gerne das Thema wechseln würde. Doch ihre Worte schienen ihn gar nicht zu erreichen. Behutsam legte sie ihm eine Hand auf die Schulter. »Alles okay?«

Onno wandte ihr den Kopf zu. Er schaute sie an, als habe er jetzt erst bemerkt, dass sie neben ihm saß. Dann sprang er plötzlich auf und gab seiner Partnerin einen leichten Schubs. »Komm mal eben mit«, sagte er zu ihr und verließ die Küche.

Verdutzt ließ Theda den Blick über die Gesichter der verbliebenen Sitznachbarn schweifen. Doch die angeregte Gesprächsrunde schien kaum Notiz davon genommen zu haben, dass der Hausherr den Raum verlassen hatte. »Bin gleich wieder da«, sagte sie trotzdem leise, erhob sich ebenfalls und folgte ihm.

Onno stand im Flur und betrachtete ein Familienfoto, während er gleichzeitig seine Unterlippe knetete.

»Was ist denn los?«, fragte Theda.

»Schau doch mal!«, sagte Onno und deutete auf das Bild.

Theda kniff die Augen zusammen. Aufmerksam betrachtete sie die Fotografie, konnte aber nichts Auffälliges erkennen. »Ist das hier am Strand aufgenommen worden?«

»Ja, aber darum geht es mir nicht. Schau dir mal Jantjes Arm an.«

»Oh, hatte sie ihn sich gebrochen?«

Onno nickte. »Ja, aber auch darum geht es mir nicht. Nicht direkt zumindest.«

Theda ging ganz nah an die betreffende Stelle heran, konnte aber beim besten Willen nichts Außergewöhnliches erkennen. »Das ist ein ganz normaler Gipsverband. Ich weiß nicht, was du mir damit sagen willst.«

»Genau das meine ich!« Das Gesicht des Hauptkommissars hellte sich auf, als habe ein von ihm gestoppter Raser gerade zum ersten Mal eingesehen, wie gefährlich sein Fahrstil für ihn und andere war.

Irritiert verzog Theda das Gesicht. »Ich verstehe immer noch nicht, was du von mir erwartest«, gab sie ehrlich zu.

13. Kapitel

Rückblick: Einen Monat zuvor

Immer wieder schaute Lisa aufgeregt aus dem Fenster, und auch wenn sie es besser wusste, ging sie ab und an zum Briefkasten, um nachzusehen, ob sie den Postboten nicht vielleicht doch verpasst hatte. Die bisherigen Postkarten waren mit einer Abweichung von maximal zwei Tagen immer am zwölften Tag eines jeden Monats gekommen. Und da sie exakt in einem Monat, am zwölften August, ihren dreißigsten Geburtstag feiern durfte, hoffte sie, dass sie heute die letzte Karte ihres Verehrers bekam, bevor es an ihrem Ehrentag dann endlich zum langersehnten Treffen kommen würde.

Nachdem sie anfänglich nicht so recht gewusst hatte, was sie mit den kryptischen Botschaften des geheimen Kartenschreibers anfangen sollte, freute sie sich jetzt umso mehr auf jede Nachricht von ihm. Denn spätestens mit dem Erhalt der letzten Postkarten hatte sich ihre Unsicherheit in pure Vorfreude verwandelt. Denn in der festen Überzeugung, ihren anonymen Verehrer zu kennen, konnte sie es kaum noch erwarten, schon bald wieder in seinen Armen zu liegen.

In ihrer Fantasie war sie seither schon unzählige Male an genau diesen Moment in der Zukunft gereist und hatte sich ihr Wiedersehen erträumt. Und auch jetzt war sie in Gedanken wieder am Strand, lag auf einer Picknickdecke, hatte ihre Füße im Sand vergraben und schaute in den nächtlichen Sternenhimmel hinauf, während ihr Traummann neben ihr lag und ihr Gesicht im Flackern des Lagerfeuers betrachtete.

Ein Lagerfeuer wollte sie am Strand zwar lieber keines machen, aber sie hatte sich im Internet extra einen tragbaren Ethanol-Kamin bestellt, um dieser Version ihrer Fantasie auch in der Realität möglichst nahe kommen zu können. *Jetzt muss ich mir nur noch vorzeigbare Unterwäsche kaufen*, dachte sie. Bei dem Gedanken daran, wie er sie in ihren Dessous ansehen würde, huschte ein zufriedenes Lächeln über ihr Gesicht.

»Mama … Mama.« Mia musste ihre Mutter zweimal ansprechen, ehe diese auf sie aufmerksam wurde.

»Was ist denn?«

»Mir ist langweilig.«

»Dann mach dir den Fernseher an.«

Mia konnte ihr Glück kaum fassen. Hatte ihre Mutter ihr gerade wirklich erlaubt den Fernseher einzuschalten? Einfach so, an einem Mittwochmittag? Und das, wo sie weder Hausaufgaben gemacht noch etwas zu Mittag gegessen hatte. Dabei achtete sie doch ansonsten immer so streng darauf, dass Samira und sie nur zu den festgelegten Zeiten vor der Glotze saßen. Dennoch wollte Mia keine Nachfrage riskieren. Zu groß schien ihr die Gefahr, ihre Mutter könnte ihren Fehler selbst bemerken. »Okay. Sagst du mir dann Bescheid, wann ich wieder ausschalten muss?«

Ein geistesabwesendes Brummen entfuhr Lisas Kehle, während sie wie in Trance aus dem Fenster starrte.

Ein tollkühner Gedanke ließ Mia erstarren. Sollte sie die offensichtliche Verwirrtheit ihrer Mutter wirklich ausnutzen oder setzte sie damit vielleicht alles aufs Spiel? *Egal*, sprach sie sich in Gedanken Mut zu und beschloss, alles auf eine Karte zu setzen. »Darf ich auch ein Glas Cola und ein paar Chips?«

Lisa machte eine wegwischende Handbewegung. »Ja, geh ruhig. Ich sag dir dann Bescheid.« Sie hatte ihrer Tochter gar nicht richtig zugehört.

So leise sie nur konnte, öffnete Mia den Kühlschrank, schnappte sich die Flasche Cola und verließ mit der zuckerhaltigen Limonade die Küche.

Na endlich! Lisa sprang von ihrem Stuhl auf, als sie eine Person in Postoutfit entdeckte. Wie ein Wirbelwind rannte sie in den Flur und riss die Wohnungstür auf. Doch vor ihr stand nicht der erwartete Briefzusteller, sondern eine ältere Frau, die sie noch nie zuvor gesehen hatte. »Ist Deeke heute nicht im Dienst?«, fragte sie verdutzt.

»Der junge Mann ist heute leider ausgefallen. Ich vertrete ihn«, antwortete die Postbedienstete und stellte sich ihr als Marion vor. »Ich springe immer da ein, wo gerade Not am Mann ist. Das ist ganz schön, weil man so viele verschiedene Orte zu sehen bekommt. Auf den Ostfriesischen Inseln bin ich aber leider viel zu selten. Die Atmosphäre hier ist wirklich was ganz Besonderes. Und die Insulaner sind immer besonders nett und freundlich, wenn sie mal ein neues Gesicht sehen.« Sie lachte.

»Hast du Post für mich?« Lisa hatte keine Lust auf ein längeres Geplänkel mit der redseligen Frau. Sie musste jetzt sofort wissen, ob Deekes Vertretung eine Postkarte für sie dabeihatte.

»Nur diese Pakete«, sagte Marion entschuldigend und reichte ihr zwei Kartons.

Das müssen der Kamin und die dazugehörigen Ethanol-Nachfüllflaschen sein, dachte Lisa, nahm die Pakete entgegen und stellte sie im Flur ab. »Sonst hast du nichts dabei?«

Marion reagierte überrascht, kramte dann aber doch noch einmal in ihrer Umhängetasche. »Hoppala, da habe ich doch tatsächlich etwas übersehen.« Sie reichte Lisa die Postkarte, die sie versehentlich zwischen die Briefe gesteckt hatte, die für die Nachbarwohnung bestimmt waren.

Als wäre es ein Los, dessen freigerubbelte Rückseite darüber entschied, ob sie nun gewonnen oder eine Niete gezogen hatte, hielt Lisa die Postkarte lange in der Hand und starrte auf die vier bunten Herzen, die darauf abgebildet waren. Aus irgendeinem unerfindlichen Grund verspürte sie plötzlich ein ganz ungutes Gefühl.

Reiß dich zusammen! Warum sollte er jetzt noch absagen, beschwor sie sich selbst. Sie ging davon aus, dass das mulmige Bauchgrummeln von der irrationalen Angst herrührte, dass ihr Traum von einer heißen Nacht unter Sternen in der letzten Sekunde doch noch zerplatzen könnte.

Entschlossen drehte sie die Postkarte um und las die wenigen Zeilen, die erneut mit einer Schablone geschrieben zu sein schienen:

Es ist an der Zeit, sich aus der Deckung zu wagen,
darum möchte ich dir folgendes Treffen vorschlagen:
Am östlichen Anleger zieht uns der Sternenhimmel in seinen Bann
und dabei ›stoßen‹ wir auf deinen Geburtstag an.
(Versprochen ist versprochen! 😉)

*****Sonntag*****

»Schau dir den Gips meiner Frau doch mal ganz genau an!«, forderte Onno seine Partnerin auf.

Wieder kniff Theda die Augen zusammen und beugte sich so weit vor, dass ihre Nasenspitze beinahe das Glas berührte, hinter dem das Foto fixiert war. »Meinst du eine der Kritzeleien?«

»Ich meine keine bestimmte, sondern alle.« Onno merkte, dass seine jüngere Kollegin ihm einfach nicht folgen konnte. »Die Aufnahme entstand vor ungefähr drei Jahren. Damals lebten wir erst seit ein paar Wochen auf Wangerooge und meine Frau hat sich kurz zuvor bei einem Sturz mit dem Fahrrad den Arm gebrochen. Emma war damals zehn und Finn sieben Jahre alt.« Er betonte die Altersangaben besonders, damit seine Partnerin endlich merkte, was er ihr die ganze Zeit über zu sagen versuchte.

»Sie waren damals also ungefähr so alt wie Lisas Kinder heute«, fiel bei Theda der Groschen. Endlich glaubte sie zu verstehen, was ihr Partner ihr mitteilen wollte.

»Die beiden wollten seinerzeit unbedingt Mamas Gips bemalen«, bestätigte Onno ihren Verdacht.

»Und der Gips von Sönke Neumann sah aus, als wäre er ihm gerade erst angelegt worden.« Theda starrte ihn an. »Glaubst du, er hat sich den Fuß gar nicht gebrochen?«

»Auf jeden Fall finde ich es ungewöhnlich, dass Samira und Mia seinen Verband nicht vollgekritzelt haben.«

»Wir haben ihn immer nur wegen dem Gips als Haupttäter ausgeschlossen«, murmelte Theda. Sie rief sich das Bild von Lisas Exmann ins Gedächtnis. »Aber er sah doch auch so furchtbar traurig aus, als wir bei ihm waren.«

Achselzuckend machte Onno eine wegwerfende Handbewegung. »Er könnte ein guter Schauspieler sein, oder die Trauer seiner Kinder hat ihn wirklich mitgenommen. So oder so ist es ja erstmal nur ein neuer Ansatzpunkt. Die Frage, ob ihm auf der Baustelle wirklich ein Stahlrohr auf den Fuß gefallen ist, dürfte sich ja leicht klären lassen.«

Montag

Nach einer viel zu kurzen Nacht, in der Onnos neueste Vermutung ihn kaum hatte schlafen lassen, schloss er bereits um kurz nach sechs die Tür der Polizeidienststelle auf. So leise wie möglich setzte er sich an seinen Rechner und schaltete das Gerät ein. Er wollte Theda nicht aufwecken, aber er konnte auch auf keinen Fall noch länger abwarten. Er musste jetzt unbedingt wissen, ob Sönke Neumann sich wirklich den Fuß gebrochen hatte oder ob er alle seit Tagen an der Nase herumführte.

»Guten Morgen!« Gut gelaunt und scheinbar ausgeschlafen kam Theda die Treppenstufen herunter. »Ich habe schon auf dich gewartet«, sagte sie augenzwinkernd und streckte ihrem Partner einen beschrifteten Zettel entgegen.

»Was ist das?« Verwundert nahm Onno das Stück Papier in die Hand, während er sich gleichzeitig fragte, ob Theda lediglich aufgrund ihres Alters besser mit dem Schlafmangel zurechtkam oder ob sie ihre Müdigkeit einfach nur weggeschminkt hatte.

»Das ist die Telefonnummer von Sönke Neumanns Arbeitgeber. Ich habe es heute schon ein paar Mal probiert, aber bisher ist noch niemand rangegangen.«

Beeindruckt schob Onno die Unterlippe vor und nickte ihr anerkennend zu. Ihr Engagement gefiel ihm. »Wann hast du es zuletzt probiert?«

Theda schaute auf die Uhr. »Vor ungefähr fünf Minuten.«

»Dann wollen wir doch mal schauen, ob die fleißigen Handwerker mittlerweile ihren Dienst aufgenommen haben«, sagte Onno, griff nach dem Telefonhörer und tippte die Nummer ein, die auf dem Zettel stand.

***

Nachdem Onno ein aufschlussreiches Telefonat mit dem Vorgesetzten von Sönke Neumann geführt hatte, war alles ganz schnell gegangen. Durch die neuerlangte Gewissheit und den daraus resultierenden dringenden Tatverdacht wurde Lisas Exmann in den kommenden Stunden zur Hauptbeschäftigung gleich mehrerer Staatsbediensteter.

»Bist du bereit?« Angespannt fixierte Onno den Blick seiner neuen Kollegin. Er arbeitete gerade einmal ein paar Tage mit ihr zusammen und musste sich in den kommenden Minuten schon zu einhundert Prozent auf sie verlassen können.

Theda nickte ihm entschlossen zu und kontrollierte mit ihrer rechten Hand den Sitz ihrer Dienstwaffe. Als sie ihrer Versetzung nach Wangerooge zugestimmt hatte, hatte sie sich auf ein paar langweilige Jahre eingestellt. Dass sie nun bereits an ihrem dritten Tag einen Mörder verhaften durfte, war für sie eine wirklich positive Überraschung.

Onno drückte auf den Klingelknopf, machte einen Schritt zurück und warf einen Blick über die Schulter zu den Mitarbeitern des Jugendamtes hinüber, die im sicheren Abstand darauf warteten, sich um Samira und Mia kümmern zu können.

Als Sönke Neumann die Tür öffnete, sah er müde, aber auch irgendwie erwartungsfroh aus. »Herr Hauptkommissar«, tat er dennoch überrascht. »Gibt es Neuigkeiten?«

»Die gibt es«, sagte Onno. »Wir haben den Mörder Ihrer Exfrau gefunden.«

Sönke Neumann gab sich erleichtert. »Es war Nonko, oder? Als ich Ihnen gegenüber seinen Namen erwähnt habe, habe ich es in Ihrem Gesicht gesehen. Je mehr ich darüber nachgedacht habe, umso nachvollziehbarer wurde der Gedanke für mich. Er wollte immer mit Lisa zusammen sein und hat nie wirklich überwunden, dass sie mich und nicht ihn geheiratet hat.«

Ohne eine Miene zu verziehen, ließen die beiden Inselpolizisten ihn ausreden.

»Wir haben Nonko Behrends am Flughafen von Wangerooge zur Rede gestellt«, sagte Theda. Sie schaute über Sönke Neumanns Schulter in das Innere der Ferienwohnung. »Schlafen Ihre Töchter noch?«

»Mia hatte mal wieder einen Albtraum und war in der Nacht mehrfach wach. Sie holt daher den fehlenden Schlaf nach. Samira hat ebenfalls kaum geschlafen. Sie wollte aber lieber zum Strand. Seit dem Tod ihrer Mutter braucht sie auch viel Zeit für sich.«

»Warum haben Sie Ihren Kindern denn dieses Mal kein Schlafmittel gegeben?« Hauptkommissar Renken achtete genau auf die Reaktion seines Gegenübers.

»Schlaf… Schlafmittel?«, begann Sönke Neumann zu stottern. »Meine Kinder kriegen vor dem Schlafen allenfalls eine heiße Milch mit Honig.«

»Ach ja?« Oberkommissarin Saathoff holte einen bedruckten Zettel hervor und reichte ihn Lisas Exmann. Sie tippte auf den obersten Punkt der Liste, die sie von den Cyberkriminalbeamten der Polizeiinspektion Wilhelmshaven/Friesland bekommen hatte. Nachdem die entsprechenden richterlichen Beschlüsse vorlagen, hatten die Experten sich Zugriff auf den Rechner des Verdächtigen verschafft und nach weiteren Beweisen für dessen Schuld gesucht. »Und wofür haben Sie das Medikament dann bestellt?«

Mit Schweißperlen auf der Stirn studierte Sönke Neumann die Auflistung der Gegenstände, die er vor ungefähr einem halben Jahr im Internet geordert hatte. »Das Schlafmittel war für die Tochter eines Arbeitskollegen. Er kannte sich nicht so mit Onlineshops aus und darum habe ich ihm einen Gefallen getan.«

»Und der Babybauch-Gips? Für wen haben Sie den bestellt?«, wollte Onno wissen.

»Der war ein Geschenk für eine schwangere Bekannte«, kam die Antwort wie aus der Pistole geschossen.

»Und warum haben Sie das Produkt gleich zwei Mal bestellt?«

»Ihre Schwester war zeitgleich ebenfalls schwanger. Ich wollte gewappnet sein, sollten die beiden eine gemeinsame Babyparty schmeißen.«

»Und würden Sie uns bitte auch den Namen dieser Bekannten verraten?«, bat Theda mit gespielter Höflichkeit.

»Kann ich, aber ich habe ihr das Präsent nie überreicht.«

»Warum das denn nicht?«, fasste Onno nach.

»Als ich erfahren habe, dass der Kindsvater die gleiche Idee hatte, musste ich spontan umdisponieren.«

»Das ist aber ja ein Zufall.« Der abfällige Unterton in Thedas Stimme war kaum zu überhören. »Und der Arbeitskollege, für dessen Tochter Sie die Schlafmittel bestellt haben, ist der zufällig Hobby-Astronom und tritt im Internet unter dem Nicknamen *Fred vom Jupiter* auf?«

Die Angst in Sönke Neumanns Augen wurde immer deutlicher sichtbar. Dennoch versuchte er mit aller Kraft, sein Lügenkonstrukt aufrechtzuerhalten. »Keine Ahnung. Kann gut sein, dass er sich für die Sterne interessiert.«

»Aber Sie selber haben kein Interesse am Weltall?« Hauptkommissar Renken versuchte immer wieder den Blick des Verdächtigen zu fixieren, der einem Augenkontakt aber permanent auswich. »Sie waren doch zu Ihrer Schulzeit sogar in einer Universum-AG.« Während Theda und er auf die Ergebnisse der Cybercrime-Ermittler gewartet hatten, hatten sie erneut zum Telefonhörer gegriffen, um mit Sönkes alter Schule zu telefonieren. Einige seiner ehemaligen Lehrer waren noch heute im Dienst, und einer von ihnen konnte sich glücklicherweise auch nach über zehn Jahren noch daran erinnern, welche Kurse Lisas Exmann und Nonko Behrends gemeinsam besucht hatten.

»Das … das ist lange her!« Er machte eine wegwerfende Handbewegung, während er den Blick zu Boden gerichtet hielt.

»Ach so«, sagte Theda. »Und wir dachten, Sie wären nachts mit dem Auto von Essen nach Ostfriesland gefahren, weil dort die Lichtverschmutzung geringer ist und Sie so besser den Sternenhimmel beobachten können. Sie sind doch in den letzten sechs Monaten regelmäßig über die A31 Richtung Norddeutschland gefahren, oder nicht? Zumindest belegen das die Bewegungsprofile Ihres Handys und dieses Blitzerfoto vom elften Mai.« Sie reichte ihm das Bild, das die Bußgeldbehörde ihnen übermittelt hatte.

Schweigend nahm Sönke Neumann die Schwarz-Weiß-Fotografie entgegen, die eindeutig ihn hinter dem Steuer seines Autos zeigte. »Wenn ich nicht schlafen kann, dann …«

»Jetzt reicht es mir aber!«, schrie Onno und trat dem Verdächtigen gegen das eingegipste Bein.

Dieser war durch die Aktion so perplex, dass er ganz vergaß, so zu tun, als habe er dadurch große Schmerzen erlitten.

»Wollen Sie uns jetzt etwa auch noch eine Ausrede dafür präsentieren, dass weder Ihr Arbeitgeber noch Ihr Hausarzt oder Ihre Krankenkasse etwas von Ihrem Arbeitsunfall wissen?« Onno schnaubte vor Wut. Er war sich so sicher, dass ihr Verdächtiger sich nicht außerhalb der Arbeitszeit den Fuß gebrochen hatte, dass er einfach behauptete, die Bestätigungen der medizinischen Einrichtungen bereits vorliegen zu haben. »Sie sind einmal pro Monat mit dem Auto nach Ostfriesland gefahren, um dort die von Ihnen geschriebenen Postkarten einzuwerfen. Es sollte von vornherein so aussehen, als habe Ihr ehemaliger Schulkamerad Nonko Behrends Ihrer Exfrau die geheimnisvollen Postkarten geschrieben. Sie haben schon vor Monaten Schlafmittel und Gips bestellt, damit Sie in der Nacht ungestört am Oststrand Ihre Exfrau abstechen können und hinterher niemand auch nur auf die Idee kommt, Sie könnten Ihr im tiefen Sand gefolgt sein, als sie um ihr Leben rannte. Sie haben als *Fred vom Jupiter* Ihrem ehemaligen Mitschüler davon vorgeschwärmt, wie toll man am Westende von Wangerooge die Sterne beobachten kann, bis der Ihnen im Chat endlich berichtet hat, dass er einen Trip auf die Insel gebucht hat. Durch ihre gemeinsame Leidenschaft für die Astronomie standen Sie immer in Kontakt und tauschten sich auch in denselben Foren mit Gleichgesinnten aus. Dass Sie sich aber vor einem halben Jahr in einem dieser Foren einen weiteren Online-Spitznamen zugelegt haben, über den Sie mit ihm fortan ebenfalls regen Kontakt hielten, haben Sie ihm nicht erzählt.« Onno atmete tief durch und fixierte dabei die Augen seines Gegenübers. Als dieser jedoch keine Anstalten machte, etwas sagen zu wollen, redete er einfach weiter: »Dumm nur, dass Nonko in den Tagen vor dem Mord für einen erkrankten Kollegen einspringen und deshalb von Montag bis Donnerstag auf einer Messe in Bayern sein musste. Weshalb er natürlich auch nicht die letzte Postkarte eingeworfen haben kann, auf der Sie dummerweise vergessen haben, einen Poststempel anbringen zu lassen. Oder war das etwa Absicht, damit wir die Buchstaben unter den übrigen Briefmarken finden?« Mit jedem weiteren Satz hatte Onno vor Wut mehr und mehr zu zittern begonnen.

Theda legte ihrem Partner eine Hand auf den Unterarm und signalisierte ihm so, dass er sich kurz Zeit nehmen sollte, um etwas runterzukommen. Mit ruhiger, aber entschlossener Stimme appellierte sie an Lisa Neumanns vermeintlichen Mörder: »Die Beweislast ist erdrückend. Wir werden Sie jetzt vorübergehend festnehmen und Sie sollten sich ganz dringend einen Anwalt nehmen.« Sie griff hinter ihren Rücken und beförderte ein paar Handschellen hervor.

Mit gesenktem Kopf streckte Sönke Neumann die Hände aus und ließ sich ohne Widerstand die Handschellen anlegen. »Sie hätte sich niemals von mir trennen dürfen«, murmelte er vor sich hin, während er abgeführt wurde. »Und ohne diesen Scheißkerl Nonko hätte sie es auch niemals getan. Wenn er sie auf diesen Klassentreffen nicht verführt und ihr dieses blöde Versprechen gegeben hätte, hätte sie sich niemals von mir scheiden lassen.«

Rückblick: Wenige Minuten vor Lisas Tod

Lisa richtete ihren Blick in die Richtung, aus der sie ihren unbekannten Verehrer erwartete. Dabei glaubte sie längst, eine Ahnung zu haben, um wen es sich dabei handelte. Zu viele Anzeichen sprachen einfach dafür, dass Nonko es sein musste.

Als aus der Dunkelheit plötzlich der Song *Happy Birthday* von Stevie Wonder an ihr Ohr drang, war sie sich absolut sicher. Nonko musste es sein. Vor Aufregung sprang sie auf, umarmte sich selbst, indem sie ihre Hände auf die jeweils gegenüberliegende Schulter legte, und rief ihm voller Euphorie entgegen: »Ich wusste die ganze Zeit, dass du es bist!«

Das entsprach zwar nicht ganz der Wahrheit, aber sie deutete den Geburtstagssong als letztes Indiz dafür, dass ihr ehemaliger Mitschüler, mit dem sie einen aufregenden One-Night-Stand gehabt hatte, ihr heimlicher Verehrer sein musste. Schon damals hatte sie mehr von ihm gewollt, obwohl sie eine verheiratete Frau und er ein ungebundener Mann gewesen war. Doch Nonko war für eine feste Beziehung nicht bereit gewesen.

Aber er gab ihr ein Versprechen: Sollte er mit dreißig noch Single und sie zufälligerweise wieder zu haben sein, würde er es mit ihr versuchen. Lisa hatte das als gutgemeinten Versuch gewertet, ihre Gefühle nicht zu verletzen. Ein ›Sorry, aber Sex mit verheirateten Frauen turnt mich nun mal einfach an‹ hätte sie seinerzeit als ehrlicher empfunden. Daher hatte sie auch den Kontakt zu Nonko komplett abgebrochen. Doch wie die Postkarten zeigten, schien er doch ehrlich und sie mehr für ihn gewesen zu sein als ein erotisches Abenteuer.

Die Musik verstummte und Lisa wartete gebannt darauf, dass ihr Traummann endlich ins Licht des Kaminfeuers treten würde. So deutlich, wie sie das Lied trotz des Windes hören konnte, musste er ihr bereits ganz nahe sein. Doch statt des erhofften Anblicks durchbrach plötzlich ein anderer Song die monotone Stille der Nacht.

Lisa erstarrte, als sie Lied und Interpret erkannte. Wie in Zeitlupe rutschten ihre Hände von den Schultern ihren Oberkörper hinab, bis ihre Arme schließlich vollkommen kraftlos zu Boden hingen.
Sie wusste nicht, wie oft sie den Song *Always* von Bon Jovi schon gehört hatte. Schließlich war es die Lieblingsband ihres Vaters gewesen und damit auch ein omnipräsenter Teil ihrer Kindheit. Sie liebte ihren Dad und hatte immer viel Zeit mit ihm verbracht. Ob sie nur deshalb auch zu einem Fan der Rockband aus New Jersey geworden war, wusste sie nicht genau, ging aber irgendwie immer davon aus. Es ist wohl wie bei der Kirche und bei Fußball, hatte sie oft gedacht. In manche Sachen wird man einfach hineingeboren.

Wenige Meter von ihr entfernt stand ein Schatten. Nah genug, dass ihn die Lichtstrahlen des Feuers erreichten, aber immer noch zu weit entfernt, um mit Sicherheit zu erkennen, wer ihr nächtlicher Besucher war. War es der Mann, auf den sie wartete? Hatte sie sich doch getäuscht und ein anderer hatte ihr die liebevollen Botschaften geschrieben? Oder war sie rein zufällig auf einen Verrückten gestoßen, der in völliger Dunkelheit am Strand spazieren ging und dabei laute Musik auf seinem Handy hörte?

Im Refrain des Songs versprach die markante Stimme von Jon Bon Jovi jetzt, sie immer zu lieben und immer für sie da zu sein.
Aber warum gerade dieses Lied?, fragte sie sich, während eine Erinnerung, die fest mit diesem Song verbunden war, aus ihrem Gedächtnis aufstieg und ihr zeitgleich eine unangenehme Gänsehaut bescherte. Zu diesem Song hatte Sönke ihr vor vielen Jahren zum ersten Mal gesagt, dass er sie liebte. In den darauffolgenden Jahren, in denen sie eine glückliche Beziehung miteinander geführt hatten, hörten sie ihn sich oft gemeinsam an und dachten dabei an diesen besonderen Moment ihrer Liebe zurück.

Es war eine böse Vorahnung, ein Verdacht, der eigentlich nicht wahr sein konnte, aber genau in dem Moment Realität wurde, als der Schatten einen weiteren Schritt auf sie zumachte. Sie erkannte Sönkes Gesicht. Hatte ihr Exmann die Karten geschrieben? War er der heimliche Verehrer, der ihr seit Monaten diese wunderschönen Nachrichten schickte? Neben Nonko hatte sie zuletzt noch vage ein oder zwei andere Männer als mögliche Absender der Postkarten in Erwägung gezogen, aber Sönke hatte sie ganz und gar nicht mehr auf dem Zettel gehabt.

»Mit dir …« Sie stoppte mitten im Satz, als ihr etwas auffiel, was sie verdutzt innehalten ließ. Wo war sein Gipsbein? Warum konnte er plötzlich ganz normal laufen? Hatte er nicht gesagt, die Heilung würde noch Wochen dauern? War er nicht genau deshalb krankgeschrieben worden?

»… hast du nicht gerechnet«, vervollständigte Sönke ihren Satz. Ein diabolisches Grinsen huschte über sein Gesicht. »Und das war auch genauso geplant.«

Er reckte ihr die rechte Hand, die er bisher hinter seinem Rücken verborgen gehalten hatte, entgegen. Darin befand sich ein Messer mit einer etwa zehn Zentimeter langen Klinge. »Time to say goodbye«, sang er einen kurzen Ausschnitt aus dem Song von Sarah Brightman und Andrea Bocelli, dann machte er einen energischen Schritt auf sie zu.

Mit einem Mal durchschaute Lisa den perfiden Plan ihres Exmannes. Bei ihrem letzten großen Streit vor der Trennung hatte er ihr an den Kopf geworfen, dass sie mit zwei Kindern ohnehin keinen neuen Mann finden würde. Sie hatte ihm daraufhin den einmaligen Seitensprung mit Nonko und das Versprechen, das er ihr danach gegeben hatte, gebeichtet. Sönke wollte sie nur in dem Glauben lassen, dass ihr Traum wahr werden würde, um sie dann auf dem Höhepunkt ihrer Vorfreude in den Abgrund zu stürzen. Panisch rannte Lisa in die entgegengesetzte Richtung. In der nächtlichen Dunkelheit war das Rauschen der Nordsee, die immer wieder an den Strand schwappte, nahezu ihre einzige Orientierungsmöglichkeit.

»Mach es uns beiden doch nicht so schwer!«, rief Sönke ihr hinterher.

Er klang sehr nah und nicht wirklich außer Atem. Lisa fragte sich, ob er das Licht seiner Handykamera eingeschaltet hatte oder ob sie ihm vielleicht in der Schwärze der Nacht entkommen konnte, wenn sie wie ein Hase Haken schlug. Waren ihre Chancen größer, wenn sie in die Nordsee sprang und in die Dunkelheit hinausschwamm?

Einige Sekunden lang widerstand sie dem Drang, sich nach ihrem Exmann umzudrehen. Aber als sie dann doch einen Blick über die Schulter riskierte, stieß sie im selben Augenblick mit ihrem Fuß gegen einen großen, stabilen Gegenstand, der im Sand lag. Schreiend fiel sie hin und umklammerte reflexartig mit beiden Händen den schmerzenden großen Zeh. Doch als sie direkt danach in das grelle Licht einer Taschenlampe blickte, wusste sie, dass sie sofort weiter fliehen musste.

Sie biss auf die Zähne, rappelte sich auf und rannte davon. Immer wieder wechselte sie schlagartig die Richtung, hoffte, dass er sie so eventuell aus den Augen verlieren würde. Als sie einen kräftigen Stoß in ihrem Rücken spürte, der zeitgleich mit einem unerträglichen Schmerz verbunden war, versagten ihr die Beine sofort den Dienst. Sie hatte das Gefühl, die Besinnung zu verlieren und bäuchlings in den Sand zu fallen. Doch noch ehe sie nach vorne kippte, packte er sie an den Haaren und riss sie mit solch einer Wucht zurück, dass sie stattdessen auf dem Rücken zu liegen kam.

Er setzte sich auf ihren Bauch, legte seine Hände um ihren Hals und presste zu. *Wenn ich dich nicht haben kann, soll dich keiner haben*, dachte er, während seine Finger der Frau, die er einst so sehr geliebt hatte, immer mehr die Kehle zuschnürten.

Lisa spürte eine lähmende Gleichgültigkeit in ihr aufsteigen. Sie wollte nur noch, dass es endlich vorbei war. Doch der Gedanke an ihre Kinder mobilisierte schlagartig ungeahnte Kräfte in ihr. Sie krallte ihre Hände in den Sand und schleuderte ihn ihrem Exmann direkt ins Gesicht, woraufhin dieser seinen Griff lösen musste, um sich die Augen reiben zu können. Sie musste diesen Moment der Überraschung nutzen. Wie ein Aal begann sie sich hin und her zu winden und versuchte gleichzeitig, ihn von sich hinunterzustoßen. Doch ihre verzweifelten Bemühungen erzielten nicht den notwendigen Erfolg. Sie schaffte es lediglich, seine Hände abzuwehren, die schon wieder nach ihrem Hals tasteten.

»Dann machen wir es eben anders!«, schrie Sönke sie mit hasserfüllter Stimme an und tastete nach dem Messer, das er neben ihr im Sand abgelegt hatte, als er sie auf den Rücken geworfen und zu würgen begonnen hatte.

»Nein, bitte nicht!«, flehte Lisa ihn an, als sie realisierte, was er vorhatte. Gleichzeitig versuchte sie, die Waffe vor ihm in die Finger zu bekommen. »Denk an …«

Noch ehe sie ihre gemeinsamen Kinder erwähnen konnte, spürte sie die Klinge, die direkt in ihren Brustkorb eindrang. Alles passierte so schnell und heftig, dass der Schmerz erst kurz darauf einzusetzen schien. Sie hatte das Gefühl zu fallen, obwohl sie doch schon längst auf dem Boden lag. Die weiteren Stiche, die wie bei einem Hagelsturm auf sie einprasselten, spürte sie kaum noch. Dann umgab sie eine Dunkelheit, gegen die die nächtliche Schwärze des Strandes wie ein Sonnenuntergang wirkte.

Völlig außer Atem saß Sönke auf dem leblosen Körper seiner Exfrau. Im schwachen Mondlicht konnte er sie kaum erkennen. Sein Herzschlag verlangsamte sich und auch seine Atmung wurde ruhiger. Er griff nach dem Teil ihres Oberteils, das noch nicht von ihrem Blut getränkt war, und wischte damit die Messerklinge sauber. *Hättest du doch nur nicht mit Nonko geschlafen*, dachte er. *Dann hättest du mich mit Sicherheit nicht verlassen und wärest jetzt noch am Leben.*

Er packte ihre Arme und schleifte sie ein paar Meter weit, bis er schließlich feuchten Sand unter seinen Füßen spürte. Schon bald würde die Flut ihren Höchststand erreichen, Lisas Leichnam umspülen und somit verräterische Spuren verwaschen. Soweit er nur konnte, schleuderte er das Messer in die Nordsee hinaus. Dann rannte er zurück zum Inseldorf. Dabei hoffte er, dass die Wirkung des Schlafmittels, das er seinen Kindern am späten Abend heimlich eingeflößt hatte, noch etwas vorhalten würde. Er konnte es in der Dunkelheit zwar nicht sehen, vermutete aber, dass sein Körper mit etlichen Blutspritzern übersät war. Er musste also unbedingt noch duschen, bevor er seine Kleidung in den Dünen verbuddeln und sich anschließend einen neuen Gipsverband um seinen Fuß machen konnte. Und dabei wollte er weder von einem nächtlichen Spaziergänger noch von seinen Kindern überrascht werden.

ENDE

Ostfrieslandkrimi-Empfehlungen des Klarant Verlages

Kennen Sie auch schon die spannende Ostfrieslandkrimi-Serie **»Hedda Böttcher ermittelt«** von Thorsten Siemens?

Die junge Hedda ist eine typische Ostfriesin: zuverlässig, offen, geradeaus und durch nichts aus der Ruhe zu bringen. Immer wieder stößt sie zufällig auf merkwürdige Todesfälle – und ist ihr kriminalistischer Spürsinn erst mal geweckt, bleibt sie hartnäckig und lässt nicht locker. Unerschrocken und mit scharfem Verstand löst sie spannende Kriminalfälle in ihrer geliebten Heimat.

»Tod in Neermoor«, Band 1
Taschenbuch-ISBN: 978-3-95573-782-5
eBook-ISBN: 978-3-95573-783-2

Im beschaulichen Neermoor wird eine grausam verstümmelte Leiche gefunden. Hedda Böttchers kriminalistischer Spürsinn wird geweckt und hartnäckig macht sie sich auf Spurensuche. Als kurz darauf ein weiteres Mordopfer gefunden wird, liegt der Verdacht nahe, dass man es mit einem Serienkiller zu tun hat. Aber welche Verbindung gibt es zwischen den Opfern? Die Polizei tappt im Dunkeln und auch Hedda kommt mit ihren Ermittlungen nicht wirklich weiter. So ist das sportliche Großereignis in Neermoor, die Ostfriesland-Olympiade, eine willkommene Abwechslung. Doch dann schlägt der Täter ein drittes Mal zu und Hedda gerät in tödliche Gefahr …

»Tod auf Langeoog«, Band 2
Taschenbuch-ISBN: 978-3-95573-861-7
eBook-ISBN: 978-3-95573-863-1

»Tod in Norddeich«, Band 3
Taschenbuch-ISBN: 978-3-95573-915-7
eBook-ISBN: 978-3-95573-916-4

»Tod in Emden«, Band 4
Taschenbuch-ISBN: 978-3-95573-972-0
eBook-ISBN: 978-3-95573-973-7

»Tod am Nordseestrand«, Band 5
Taschenbuch-ISBN: 978-3-96586-053-7
eBook-ISBN: 978-3-96586-054-4

»Tod am Kap Norderney«, Band 6
Taschenbuch-ISBN: 978-3-96586-142-8
eBook-ISBN: 978-3-96586-143-5

»Tod in Leer«, Band 7
Taschenbuch-ISBN: 978-3-96586-181-7
eBook-ISBN: 978-3-96586-182-4

»Tod in Greetsiel«, Band 8
Taschenbuch-ISBN: 978-3-96586-256-2
eBook-ISBN: 978-3-96586-257-9

»Tod auf Baltrum«, Band 9
Taschenbuch-ISBN: 978-3-96586-305-7
eBook-ISBN: 978-3-96586-306-4

»Tod in Aurich«, Band 10
Taschenbuch-ISBN: 978-3-96586-360-6
eBook-ISBN: 978-3-96586-361-3

»Tod in Wiesmoor«, Band 11
Taschenbuch-ISBN: 978-3-96586-446-7
eBook-ISBN: 978-3-96586-447-4

»Tod auf Wangerooge«, Band 12
Taschenbuch-ISBN: 978-3-96586-515-0
eBook-ISBN: 978-3-96586-516-7

»Tod vor Juist«, Band 13
Taschenbuch-ISBN: 978-3-96586-562-4
eBook-ISBN: 978-3-96586-563-1

»Tod in Weener«, Band 14
Taschenbuch-ISBN: 978-3-96586-679-9
eBook-ISBN: 978-3-96586-680-5

»Tod über Wittmund«, Band 15
Taschenbuch-ISBN: 978-3-96586-740-6
eBook-ISBN: 978-3-96586-741-3

»Tod in Carolinensiel«, Band 16
Taschenbuch-ISBN: 978-3-96586-808-3
eBook-ISBN: 978-3-96586-809-0

Klarant Verlag

Lernen Sie die Ostfrieslandkrimi-Titel des Klarant Verlages kennen und besuchen Sie uns im Internet unter:

www.ostfrieslandkrimi.de

und

www.klarant.de

Sie können dort Näheres über unsere Autoren erfahren, viele weitere interessante Bücher und eBooks finden und Leseproben herunterladen. Mit dem kostenlosen Newsletter auf

www.ostfrieslandkrimi-lesen.de

erhalten Sie aktuelle Informationen rund um das Verlagsprogramm, wie beispielsweise spannende Neuerscheinungen und Gewinnspiele.